Clara Welten

Fabelhafte Welten

Fabeln für große und kleine Menschen aus ÜBERALL

édition Welten

Für meine Tochter Laila

und für alle Kinder, auf dass ihre unterschiedliche Herkunft, Tradition, Sprache und Kultur die Fülle und Reichheit in unserer Gesellschaft sei ...

Clara Welten

Fabelhafte Welten

Fabeln für große und kleine Menschen aus ÜBERALL

Band I

édition Welten

Bilder: Zohreh Mohsenipour

Verlag: édition Welten, Berlin

Druck und Vertrieb: tredition GmbH, Halenreie 40-44, 22359 Hamburg

ISBN
Paperback: 978-3-9817957-5-2
Hardcover: 978-3-9817957-6-9
e-Book: 978-3-9817957-7-6

Inhalt

Einleitung

Seit mehreren Jahren unterrichte ich „Bewusstseinsförderung für Kinder“ an der *Hochschule für Sozialarbeit* in Genf. Die theoretischen Studien aus dem Bereich der Philosophie und Psychoanalyse wurden von meiner praktischen Arbeit mit Kindern inspiriert, den *Philo-Ateliers*, in denen ich in französischer oder deutscher Sprache Fabeln „aus aller Welt“ erzähle, mit den Kindern male und meditiere, um die Bewusstwerdung der eigenen Gefühle spielerisch zu vertiefen. Denn es ist die (immer bessere) Kenntnis unserer Gefühlswelt, die uns zu bewussten Menschen macht. Wer seine Emotionen einschätzen und also mit ihnen umgehen kann, hat es nicht nötig, „den anderen zum Feind zu degradieren oder ihm die Rübe einzuschlagen“. Bewusste große und kleine Menschen können über ihre Gefühle sprechen. Die Fabeln vermitteln nachhaltig Bilder mit Symbolcharakter, die zum Verarbeiten der Gefühle und deren Anerkennung beitragen.

Fabelhafte Welten – Fabeln für große und kleine Menschen aus Überall ist die Weiterführung unserer Vision einer multikulturellen Welt, in der wir voneinander in Ebenbürtigkeit lernen, auf Augen- und Herzhöhe: Verschiedene Kulturen und Religionen werden sichtbar. Nun können Eltern, Erzieher und Pädagogen mit Vier- bis Elfjährigen die Kompetenzen des *kognitiven, sozialen und emotionalen Lernens* in vielfältiger Art erleben – über das Lesen, das Zuhören, das Denken und über das gemeinsame Erarbeiten von Arbeitsbögen:

- Dieser 1. Band ist ein Buch mit 9 Fabeln und Bildern, kindgerecht gestaltet, zum selber Lesen und Zuhören – erwerbbar als E-Book, in Soft- oder Hardcover.
- Im Anhang gibt es zu jeder Fabel einen ethischen Lehrteil, der unterstreicht, was in jeder Geschichte spielerisch erlernt werden kann; die Nummerierungen in der Fabel sind Hinweise auf den jeweiligen Lerninhalt: vom Umweltbewusstsein bis zum Umgang mit Traurigkeit oder Angst. Die pädagogische Arbeit wird somit erleichtert: Welcher Entwicklungsschritt darf jetzt unterstützt werden?
- Im Anhang stehen Arbeits- und Antwortbögen für jüngere (4–6 Jahre) und ältere Kinder (7–11 Jahre) zur Verfügung, die als Frage- und Antwortspiel die sozialen Kernkompetenzen fördern. Das Ziel hierbei ist kein „Richtig oder Falsch“, sondern das Beschäftigen mit dem Inhalt der Fabel, um ihn als Erfahrungswert im Inneren verankern zu können.

- Im Buch ist außerdem ein Zahlencode enthalten, der Zugang zur Homepage mit allen Fabeln als Audioversion in Hörspielqualität liefert, Fabeln, die das Kind entweder mit männlicher oder weiblicher Sprechstimme auswählen kann, im Studio aufgenommen mit dem Schauspieler Stephan Schill und mit mir.
- Somit wird ein kontrollierter Zugang zu digitalen Medien geschaffen: Der Code ermöglicht den Zugang zu 80 Minuten Fabeln in Hörspielaktivität.

Die Folge dieser Vielseitigkeit: Sie halten ein Buch mit Medienzugang in den Händen, ein abwechslungsreiches universelles Lehr-, Bildungs- und Spielmaterial zum Thema „Vielfalt respektieren"!

Ich habe mich für die Fabeln von Denkern und Denkerinnen aus Vergangenheit und Gegenwart, aber auch multikulturell inspirieren lassen – von der arabischen Dichtung, von afrikanischen und indischen Geschichten oder auch aus der Antike: eben Fabeln aus aller Welt für große und kleine Menschen aus aller Welt![1] Themen wie Stille, Mitgefühl und Traurigkeit, Freundschaft und Sehnsucht, Licht und Schatten werden aufgenommen, auf dass unsere Kinder Bewusstheit aufbauen – in einer Welt, die immer komplexer, globaler, unruhiger und schnelllebiger wird ... Mit *Fabelhafte Welten* tritt ein Moment der Ruhe und der Tiefe ein, eine besinnliche Zeit, in der Denken, Fühlen, Schauen, Hören und das Verarbeiten von unbewussten Gefühlen einen eigenen Raum bekommen. Wir Erwachsenen können „den Kindern aus Überall" beistehen und sie darin begleiten, was genau eine Welt im Inneren zusammenhalten wird: Frieden und die Fähigkeit zu lieben – mit allen Differenzen, die das Koexistieren verschiedener Kulturen so interessant machen können.

Die Kinder spüren, dass sie wachsen, dass sie mehr verstehen möchten, dass sie zu verstehen versuchen, „was die Welt im Inneren zusammen hält" – und nicht immer ist dieses Wachstum mit Freude verbunden: Wer mehr sieht, dessen Radius an Welt erweitert sich, auch um die Gefühle, die zu verarbeiten wir lernen dürfen. Unsere Hoffnung: die Vision einer besseren, gewaltfreien Welt, in der wir aktiv belichten, was im Schatten lag. Wir setzen sie gemeinsam, Hand in Hand, mit Ihnen und Euch um.

Clara Welten, Saman Fallahi & Team — Berlin, April 2020

[1] z. B. Hildegard von Bingen, Laotse, den Griots, Abu Tajib Ahmad ibn al-Husain, Søren Kierkegaard, Friedrich Nietzsche

Die größten Ereignisse, das sind nicht unsere lautesten, sondern unsere stillsten Stunden.

Friedrich Nietzsche

Die Stille

Der Kobold Ramazan war gerne allein. Er lebte am Wasser, in einer winzig kleinen Sandburg am Fluss. Ramazan liebte es, am Strand zu sitzen, auf die sanften Wellen des Wassers zu schauen. Er liebte es, mit kleinen Kieselsteinchen die Wasseroberfläche zu bewerfen und Ringe entstehen zu lassen. Ramazan liebte die Weite und die Stille, wenn er allein mit sich war. (1)

Somit unterschied er sich gewaltig von allen anderen Kobolden, denn Kobolde waren tummelige springende laute kleine Wesen, die gerne Krach und im Übrigen auch Ärger machten. Das meinten sie nicht böse, aber ihrer Natur nach besaßen sie so viel Energie, dass sie manches Mal nicht wussten, wohin mit dieser Kraft. Aus Spaß trieben sie dann ihren Schabernack – mit anderen Elfen, Geistern oder auch Tieren und Menschen. (2)

Ramazans Bekannte und Freunde wohnten ebenfalls in Sandburgen am Wasser; sie waren aber praktisch nie zu Hause. So sprangen sie den lieben langen Tag umher, durch Wald und Ebenen, übers Tal, hinauf und hinab. Ramazan konnte sie aus weiter Ferne hören, denn sie redeten alle auf einmal und lachten viel. Alle Kobolde waren Naturgeister und trieben sich deshalb auch am liebsten draußen herum. Spielen, necken, erschrecken, sich stupsen und schubsen – dies zählte zu ihren Lieblingsbeschäftigungen. (3)

Eines Morgens entschied Ramazan, sich auf die Wanderung zu machen. In all den stillen Stunden, die er am Wasser verbrachte, war ihm in den Sinn gekommen, dass er Lust hatte, Neues zu sehen, andere Orte kennen zu lernen und Unbekanntes zu erforschen. (4) Außerdem war es ihm am Fluss in seiner Sandburg nicht mehr ruhig genug.

Ramazan wanderte sieben Tage und sieben Nächte. Unterwegs ernährte er sich von allem, was er an Essbarem zwischen seine Finger bekam. Auch seine Geschwister, die Elfen, halfen ihm auf seinen Wegen. Sie mochten diesen kleinen Kerl, der so anders war als all die anderen. Sie beobachteten ihn schon seit langer Zeit, weil er sanft, still und ruhig seiner Eigenart frönte – ohne jedes Aufheben. So wachten sie über ihn in der dunklen Waldesnacht und ließen ihn am Tage die Sträucher finden, deren Beeren er essen konnte. (5)

Am siebten Tag sah Ramazan in weiter Ferne ein Haus. Es schien sehr alt zu sein und aus dem Schornstein rauchte es Wolken. Eine alte Frau saß davor. Ramazan hatte noch nie ein Haus oder einen Menschen gesehen! Er war ganz aufgeregt und eilte sich, den Hügel hinab zu kullern, um noch schneller beim Haus zu sein. In seinen Augen war die Frau sehr groß, viel größer als er selbst. Ramazan reichte ihr gerade bis zum Schuh. Und er verstand sofort, dass sie ihn nicht sehen konnte. Also schlüpfte er durch das Schlüsselloch ins Innere des Hauses.

Welch eine Ruhe! Ein alter Mann saß am Feuer und hielt etwas in der Hand, in dem er blätterte. Ganz versunken war er mit diesem Gegenstand. Eine tiefe Gelassenheit ging von ihm aus. (6) Und überhaupt hatte alles in diesem Haus seinen Platz: das Feuer im Kamin, der Topf auf dem Herd, das kleine Licht über dem Esstisch ... Ramazan wünschte sich nur eines: „Geist in diesem Hause zu sein! Hier leben zu dürfen und sich in das zu versinken, was der alte Mann da in seinen Händen hielt!"

So wurde aus dem Kobold Ramazan, dem Naturgeist, ein Hausgeist. (7) Und weil er als Geist sehr schnell lernen konnte, dauerte es nicht lange und er hatte seinen Lieblingsplatz gefunden: im Schneidersitz auf der Hand des alten Mannes sitzend. Seitdem lesen sie, versunken in Gedanken, ein Buch zu zweit.

Wirklich reich ist derjenige, der Zuwendung und Liebe erfährt.

Indische Weisheit

Wahrer Reichtum[2]

Vor sehr langer Zeit gab es in einem indischen Dorf einen reichen und einen armen Mann. Beide hatten einen Sohn. Beide wohnten in einem Tal, das von einer hohen Gebirgskette umgeben war. Der reiche Mann hatte sein Haus auf der einen Seite des Hochgebirges, der arme Mann seine Hütte auf der anderen. Es war ein gutes sattes Land, in dem die Bäume und Sträucher Früchte trugen und die Wiesen voller bunter Blumen waren. (1)

Eines Morgens sagte der reiche Mann zu seinem Sohn: „Yaro, mein Sohn! Lass uns auf den Berg steigen, ich will dir etwas zeigen!" Der Berg war hoch und sie mussten sich früh auf den Weg machen, um gegen Mittag auf der Spitze des Berges zu sein. Der reiche Mann ging eiligen Schrittes einher, kletterte und hangelte sich schnell von der einen zur anderen Baumwurzel, denn er dachte daran, dass er noch arbeiten musste und beizeiten wieder im Tal sein wollte. Schließlich verdiente er tagein, tagaus das Geld für die Familie und vergrößerte so die Summe seiner Goldtaler. (2) Yaro musste sich sputen, um seinem Vater folgen zu können, waren seine Beine doch kürzer und sein Schritt zaghafter. (3)

So kamen Vater und Sohn bald ins Schwitzen, hetzten den Berg hinauf und kamen gegen Mittag auf der Bergspitze an. Der Vater setzte sich auf den vom Tau noch feuchten Boden und Yaro tat es ihm gleich. Sie saßen keine fünf Minuten, da sprach der Vater: „Schau her, Yaro! Das alles ist *mein* Land!" Seine Arme machten dabei eine große ausladende Bewegung, als umfassten sie mit den Händen das ganze Land unterhalb. Er sprach weiter: „Yaro, mein Sohn! Das alles wird eines Tages dir gehören! Es ist unser Besitz!" Der Stolz in seiner Stimme war nicht zu überhören. Seine Augen leuchteten. (4) Da er jedoch nicht viel Zeit hatte, erwähnte er augenblicklich: „Lass

---

2 Frei übersetzt aus: *Les Philo-Fables*, Michel Piquemal, Philippe Lagautrière, édition Albain Michel Jeunesse, 2003, Paris

uns wieder hinabsteigen! Ich muss noch arbeiten!" Und sie hetzten den Berg ebenso hinab wie sie ihn bestiegen hatten. (5)

Eines Tages sprach der arme Mann zu seinem Sohn Navin: „Lieber Sohn! Magst du morgen mit mir auf den kleinen Berg im Osten steigen? Ich möchte dir etwas zeigen!" Navin, der immer gerne mit seinem Vater zusammen war, stimmte sofort zu. „Aber wir müssen in der Früh' hinauf; du musst also beizeiten aufstehen!" Auch das störte Navin nicht – liebte er doch das Abenteuer und liebte er es, mit seinem Vater zusammen zu sein! (6)

Am folgenden Morgen, noch vor dem Aufgang der Sonne, trafen sich Vater und Sohn vor ihrer kleinen, mit Stroh bedeckten Hütte, um auf den Berg zu steigen. Der Vater ging vor und Navin folgte ihm. (7) Sie nahmen sich alle Zeit der Welt, waren sie doch zeitig losgegangen. Beim Aufstieg schauten sie sich um, fühlten das Gras unter ihren nackten Füßen, naschten von den roten Beeren des Waldes und kamen einige Stunden später auf der Spitze des Berges an. (8) Müde, aber entspannt setzte sich Navin in den Schneidersitz und sein Vater tat es ihm gleich. (9)

Sie saßen noch keine fünf Minuten, da ging vor ihren Augen im Osten die Sonne auf. Ein roter Feuerball stieg am Horizont hinauf und tauchte den gesamten Himmel in orange-rötliches Licht. Auch die Landschaft erstrahlte in diesem hellen Schein. „Schau ...", sprach der Vater zu seinem Sohn, „schau, Navin! Das alles ist unser Land! Es ist das Land unserer Mutter Erde. Sie schenkt uns ihre Schönheit!" (10) Dabei breitete er seine Arme aus, als umfasste er das gesamte Land.

Navin aber blickte hinaus in die Weite der Natur und staunte. Tief in seinem Inneren spürte er das Licht in all seinen Farben und die Kraft der Sonne. Noch lange saßen er und sein Vater beisammen und taten nichts anderes als schweigend zu schauen. (11)

Ändere Deine Gedanken und Du änderst Deine Taten.

Clara Welten

Traurigkeit

Mira, der Kolibri, saß an einem sonnigen Mittag auf den Ästen eines Baumes. Der Himmel war blau, in einem so belichteten Blau, dass er sich türkis über die Weiten des Horizonts erstreckte. Der Wald, in dem Mira wohnte, sprießte voller bunter Farben; die Blumen und Beeren waren reichlich gewachsen und ließen das Grün der großen Palmenblätter noch satter erscheinen.

All das berührte Mira nicht, nicht an diesem Tag. Es war, als sähe sie die Farbenpracht nicht, als fühle sie die leichte Brise des Windes nicht und als könne sie die Wärme der Sonne in dem Blau des Himmels nicht spüren. (1)

Mira war traurig. Sie legte ihr kleines Köpfchen tief nach unten, soweit es ging, in ihre Brustfedern hinein. Die sollten sie wärmen, denn ihr war kalt, recht kalt sogar, trotz des Sommers. (2) So schauten ihre Augen auf den braunen Boden herab. Der Baum, auf dem sie saß, war hoch. Unten, auf der feuchten Erde, wo die Strahlen der Sonne nur selten trafen, war es dunkel. (3) Je mehr Mira ihren Blick nach unten verrichtete, desto mehr kam sie in der Dunkelheit an: Einsam war es hier, trotz der vielen Insekten, die sie von ihrem Ast aus erkennen konnte. Einsam und traurig war es, ohne die wärmenden Strahlen der Sonne zu spüren.

„Warum bin ich heute eigentlich so schwermütig?", fragte sich Mira selbst – und bekam zunächst keine Antwort von ihrer inneren Stimme. (4) Sie fühlte nur diese dunkle Leere, die sich in ihr ausbreitete, je mehr sie nach unten auf den braunen Boden starrte. (5) Und während sie eine ganze Weile so schaute und spürte, fühlte und sah, allein auf dem Ast des hohen Baumes sitzend, kam ihr ein Gedanke: „Jetzt weiß ich, weshalb ich mich so fühle!", rief sie in den Wald hinein. „Die kleine Biene, die jeden Tag am frühen Morgen bei mir vorbeikommt und mich so lieb grüßt, sie ist heute gar nicht gekommen! Und gestern auch nicht und vorgestern auch nicht!" (6)

Da erschrak Mira und begann sich umzuschauen. (7) Plötzlich erblickte sie nicht nur ihren Ast, die feuchte Erde, die Insekten auf dem Boden, sondern auch alle

Bäume, die um sie herumstanden – und es waren viele im Wald! Sie schaute nach oben und sah den hellen Himmel. Sie blickte nach links und rechts und sah die Beeren und Blumen – nur ihre Freundin, die kleine Biene, konnte sie nirgends erblicken. Was war geschehen?

Nun war Mira gar nicht mehr traurig, sondern in Sorge! Hatte sie doch gar nicht bemerkt, dass ihre kleine Freundin seit Tagen nicht vorbeigeflogen war und sie nicht gegrüßt hatte! „Da habe ich mich ganz und gar in meiner eigenen Traurigkeit verloren, dabei ist mir gar nicht aufgefallen, dass meine Freundin, die kleine Biene, vielleicht Hilfe braucht!", verstand Mira im selben Moment. (8) Und somit flog sie nach oben, hinauf und immer höher, bis sie das Gefühl hatte, selbst in den Wolken zu sein, denn sie war bis über die Baumkronen gekommen.

Jetzt erinnerte sich Mira daran, dass sie ja ein Kolibri war, der ganz bunte Flügel hatte, die er so schnell schlagen konnte, dass er in der Luft sogar stehen bleiben konnte! „Somit kann mich ja jeder sehen! Auch meine Freundin, die Biene!" (9)

Gedacht, getan! Mira schwang sich hoch hinaus, soweit sie konnte, schlug mit ihren schönen bunten Flügeln auf der Stelle und schwebte sogleich in der Luft. Alle Bewohner des Waldes konnten sie jetzt entdecken, leuchteten ihre Flügel doch in den vielfältigsten Farben! Die kleine Biene, die gerade Honig sammelte, unten, auf den Blumen der Wiese, schaute nach oben und erblickte Mira. Die letzten Tage hatte sie nicht in den Wald ausfliegen können, weil sie sich im Bienenhaus um die Königin hatte kümmern müssen. Sie war ja eine Arbeitsbiene.

Auch Mira sah von Weitem ihre Freundin. Sie begrüßten sich freudig aus der Ferne. Dann flogen sie weiter. (10)

Mit Freunden bist Du nie allein.

Afrikanische Fabel

Freundschaft – Das Auge des Nashorns[3]

Eines schönen Morgens spazierte ein Nashorn in der warmen Sommerzeit durch den Schlamm eines ausgetrockneten Flusses. Das machte es besonders gerne, spazieren gehen im Schlamm! Und wie es so gemütlich im erdigen Wasser watete, schaute es sich um und erblickte viele seiner Freunde: die Vögel, die in den Bäumen saßen und erzählten; die Affen, die in den Ästen hangelten und sprangen, und die Krebse, die unter und über dem Schlamm marschierten. (1)

Plötzlich geschah etwas, was dem Nashorn noch nie passiert war: Sein rechtes Auge fiel herunter in den Schlamm und ward nicht mehr gesehen. Das Nashorn suchte links, es suchte rechts, es wühlte in der feuchten Erde und wurde immer unruhiger, denn es konnte sein Auge nicht finden. (2)

Je nervöser das Nashorn wurde und je hektischer es suchte, desto weniger konnte es sehen. Der Schlamm wurde aufgewühlt und nach wenigen Minuten war es praktisch unmöglich, noch irgendetwas anderes zu erkennen als feuchte Erde unter seinen Füßen. (3)

Als seine Freunde dies sahen, die Vögel, die Affen und die Krebse, riefen sie: „Nashorn, liebes Nashorn. Beruhige dich! So beruhige dich doch!" (4)

Doch das Nashorn konnte seine Freunde nicht hören: Es war so sehr damit beschäftigt, zu wühlen, dass es für die Rufe der anderen taub geworden war. (5)

Es fühlte, wie eine rote Angst aus den Tiefen seines Bauches aufstieg: „Was würde sein, wenn ich mein Auge nie wiederfände?" Sein Herz schnürte sich zusammen, die

---

3 Frei übersetzt aus: *Les Philo-Fables*, Michel Piquemal, Philippe Lagautrière, édition Albain Michel Jeunesse, 2003, Paris

Angst drohte Herrschaft über ihn zu ergreifen, schon zitterte seine dicke Haut, schon vibrierte sein Herz, schon wurde sein Geist dunkel und seine Seele stumm. (6)

Als seine Freunde dies erkannten, als seine Freunde sahen, dass das Nashorn nichts mehr sehen noch hören konnte, vereinten sie all ihre Kräfte und riefen gemeinsam, nun ganz laut: „Nashorn, liebes Nashorn! Hör auf zu wühlen. Beruhige dich, so beruhige dich doch!" (7)

Da konnte das Nashorn sie hören: Es schaute in die Luft und sah seine Freunde, die Vögel. Es schaute nach oben in die Bäume und erblickte seine Freunde, die Affen. Es schaute nach unten und sah seine Freunde, die Krebse. Alle seine Freunde schauten ihn an und riefen ihm zu! Alle waren da! (7)

Das Nashorn wurde ruhig, sein Herz öffnete sich und es empfing – all das Bemühen der Vögel, der Affen und der Krebse um ihn herum.

Nun konnte das Nashorn ruhigen Sinnes nach unten schauen, auf den Boden, in den Schlamm und es erkannte zwischen seinen Füßen: das Auge. Es nahm es hoch, steckte es dahin, wohin es gehörte und ging weiter spazieren. (8)

Jedes Geschöpf ist mit einem anderen verbunden und jedes Wesen wird durch ein anderes gehalten.

Hildegard von Bingen

Der Engel

Die Affenbande des alten Orang-Utans Odomaté lebte im Dschungel des Landes der Großen Bäume. Seit vielen Jahren herrschte Frieden. Jeder wusste, was er zu tun hatte, was seine Pflichten und Rollen in der großen Affenfamilie waren. Mindestens 50 Mitglieder umfasste die Bande. Toll daran war, dass es immer jemanden gab, mit dem man spielen konnte, fanden die Kleinen. Gut war, dass es immer jemanden gab, den man um Hilfe bitten konnte, befanden die Großen. (1)

Eines Morgens kam ein grauer, sehr starker, männlicher Orang-Utan in das Gebiet der Affenfamilie. Schon als die Jungen und Alten ihn sahen, wussten sie: „Das gibt Ärger!" Irgendwie sah er aus, als sei ihm der Ärger direkt in sein breites Affengesicht geschrieben. „Nett jedenfalls, das konnte der nicht sein!", so dachten die Großen und die Kleinen. (2) Und tatsächlich: Kaum war er im Dschungel des Landes der Großen Bäume angekommen, kaum hatte er die große Affenbande Odomatés entdeckt, beanspruchte er die Herrschaft über die Familie für sich! „Mit welchem Recht?", fragten sich die Großen und die Kleinen, „... bloß, weil er einen starken Körper hat und groß ist?" Auch Odomaté wunderte sich, als der große Affe direkt auf ihn zukam und sprach: „Ab jetzt bin ich der Chef deiner Affenbande! Du machst, was ich sage, sonst hau ich Dir den Schädel ein! Ist das klar?" Also klar war das nicht, befand Odomaté, aber er wusste auch nicht recht, was er auf so einen ungeplanten direkten Angriff hin erwidern sollte. Erst einmal antwortete er etwas kleinlaut: „Okay", um eine Nacht des Nachdenkens zu gewinnen und um darüber zu schlafen. (3)

Die Nacht war noch nicht gekommen, doch schon hatte Odomaté die gesamte Familie von 50 Cousinen, Schwestern, Onkeln, Kindern und Enkeln zusammengerufen, um mit ihnen die aktuelle Lage zu besprechen. Und alle waren sich darin einig, dass es eine Frechheit sei, wie sich der Neue verhielt; dass es unvorstellbar sei, diesem Kerl den Platz zu räumen; dass sie Odomaté in keinem Fall verlieren wollten! Aber was tun? Kämpfen? Aber wie? Riskieren, dass Odomaté sein Leben verlöre? Das wollte keiner. Also beschloss Odomaté, die Nacht zum Ruhen zu nutzen, denn manches Mal halfen ihm die Träume dabei, eine Lösung zu finden! (4)

Es musste Mitternacht gewesen sein, da wachte Odomaté auf: Ein helles weißes Licht blendete ihn! Zunächst dachte er, er sei in einer Art Dämmerzustand, aber das Licht kam direkt aus dem Wald, an dem Grün der Bäume vorbei und strahlte ihm in sein Gesicht, wie ein heller Mond, nur, dass es überhaupt keinen Vollmond gab! Odomaté stand auf und konnte erkennen, dass das helle Licht ein Wesen war, ein Wesen mit großen Flügeln aus Licht, mit langen Haaren und einem unglaublich netten Gesicht. Odomaté verbeugte sich instinktiv, doch das Wesen sprach: „Schau, Odomaté, ich bin dein Engel! Steh auf, du brauchst dich nicht zu verbeugen! Ich begleite dich, seit du geboren bist. (5) Ich bin dein Engel und ich sage dir: Habe keine Angst vor dem großen Neuen! Bleibe in deiner Liebe. Bleibt alle gemeinsam in eurer Liebe und der Neue wird nichts gegen Euch ausrichten können! Ich bin da und unterstütze euch mit meinem Licht!" (6) So sprach der Engel, lächelte sein wunderschönes Lächeln und verschwand. Odomaté schlief wieder ein und sein Herz war frohen Mutes. (7)

Am nächsten Morgen rief Odomaté seine Affenfamilie zusammen und erzählte ihnen, was er in der Nacht erlebt hatte. Alle waren einverstanden, sich miteinander zu verbinden und zusammenzuhalten. Schließlich waren sie 50 Affen und er, der Neue, nur ein Einziger! Kaum saßen sie beim Frühstück, kam der große Neue zu ihnen und sprach: „Steht auf und geht arbeiten! Und zwar den ganzen Tag! Sonst muss ich Strafen einführen!" Die Affenbande blieb sitzen und lächelte den großen Neuen an. Odomaté blieb sitzen und lächelte. Und ein jeder fuhr fort, genau das zu tun, was er gerade tat. Da tobte der große Neue, schimpfte und drohte. Aber was sollte er tun? (8)

Nach drei Morgen, an denen Odomaté und seine Familie genauso reagiert hatten, alle zusammenhielten und ihre Verbundenheit zeigten, indem sie nicht taten, was der Neue von ihnen verlangte, drehte sich der Große um und ging seiner Wege. Man sah ihn noch lauthals schimpfend hinter den Bäumen verschwinden.

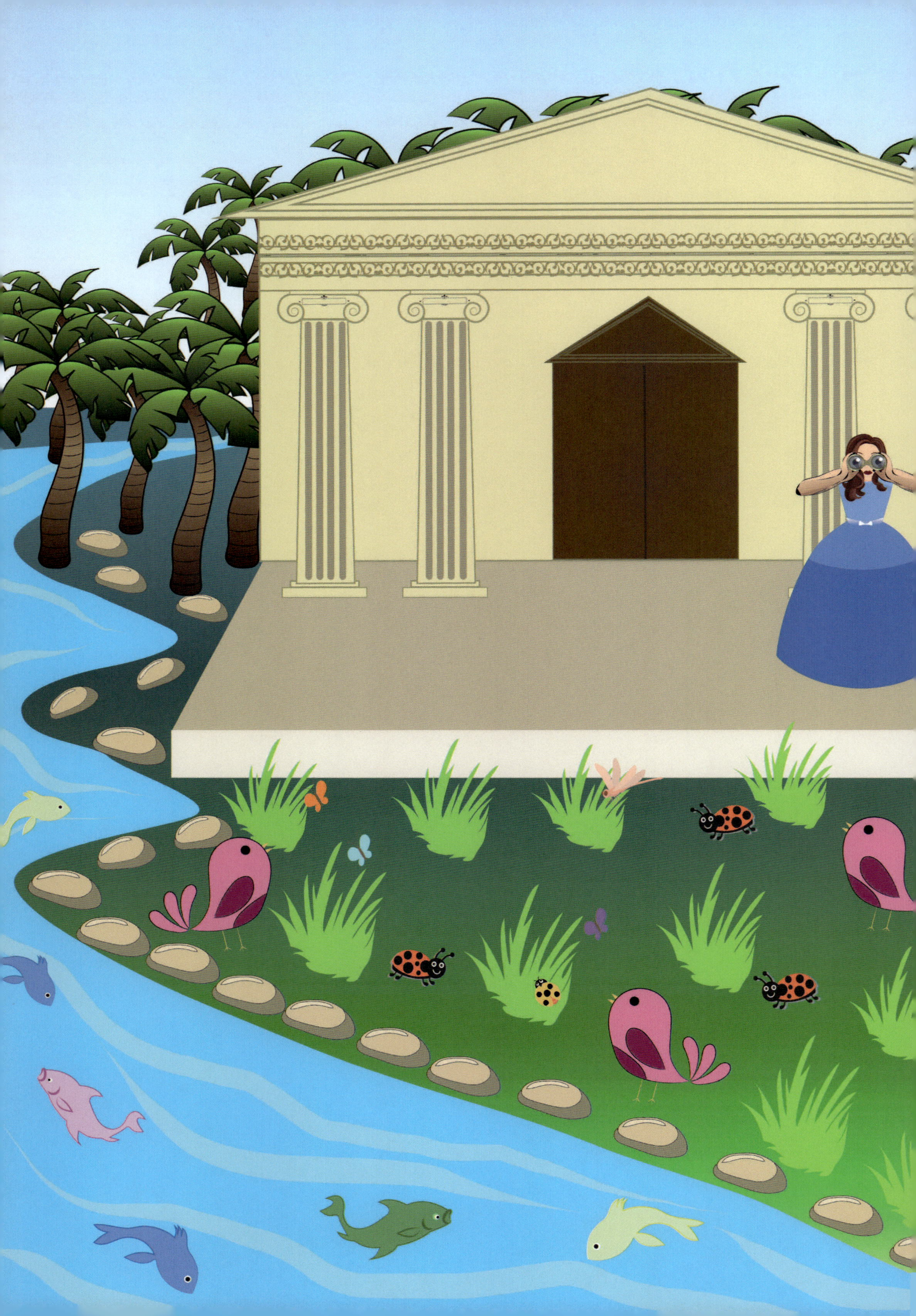

Das Vergleichen ist das Ende des Glücks und der Anfang aller Unzufriedenheit.

Søren Kierkegaard

Sehnsucht

Die Prinzessin Lina wohnte mit ihrem Vater und den drei Brüdern im Land der Einigkeit, jenseits der hektischen Welten. Seither, so erzählte es ihr Vater, der König, gab es Einigkeit im Lande – unter den Tieren auf den Wiesen, den Vögeln in der Luft und den Menschen allseits. Der König war sehr stolz auf sein Land des inneren und äußeren Friedens. (1)

Lina jedoch, die Prinzessin und einzige Tochter des Königs, war anders. Wenn sich der König am Morgen durchs Schloss bewegte, wenn er des Mittags durch seinen Garten spazierte, sah er Lina stets unzufrieden, unruhig auf irgendeinem Stuhl herumlungern: Sie suchte den Stuhl nicht aus, auf dem sie saß; sie ging nicht in die Natur hinaus; sie wollte nicht, dass sich ihr jemand näherte. Und wenn der König, die drei Brüder oder andere sie ansprachen, kamen nur giftige Worte aus ihrem Munde, die sagen wollten: „Lasst mich alle in Ruhe!" (2) Der König wunderte sich über diese anzutreffende Unzufriedenheit, die er selbst nicht kannte, war doch alles gut und schön in seinem Lande. „Warum also", so fragte er sich, „ist meine Tochter stets griesgrämig und missgestimmt?" (3)

Lina wachte mittags auf, so spät es eben nur ging. Sie mochte weder den Tag noch die Nacht, weder den Garten noch das Schloss, weder das Licht noch die Dunkelheit. Lina mochte am wenigsten sich selbst. (4) Sobald sich ihre Augen öffneten, was sie versuchte, so spät als möglich zu tun, war ihr erster Gedanke „Wie langweilig und öde ist mein Leben hier!" und ihr Herz schnürte sich im selben Moment zusammen, als sei ihr ganzer Brustkorb beengt. (5) Nach wenigen Minuten konnte die Prinzessin nicht mehr richtig atmen und ihre Gedanken verdunkelten sich zunehmend. Giftig warf sie sich auf einen Stuhl, auf irgendeinen im Schloss, und wartete darauf, dass die Zeit verginge. (6)

Bei aller Langeweile tat die Prinzessin jedoch eines jeden Tag: ins Fernglas schauen. Vor langer Zeit hatte sie von ihrem Vater ein Fernglas geschenkt bekommen. Damals war die Prinzessin noch jung gewesen, fröhlich lachend, spielend und im Gras die Hüpfer beobachtend. Das Fernglas, so dachte der Vater, sollte der Prinzessin dazu dienen, weit hinaus in die Welt schauen zu können. Und nicht zuletzt, um schätzen zu lernen, wie schön ihr Land und ihr Zuhause doch waren!

Seitdem stand das Fernglas im großen Jugendzimmer der Prinzessin. Und es verging kein Tag, an dem sie nicht hindurchschaute, in die Ferne, die für sie immer viel schöner war als das Schloss und der Garten, als der Vater und die Brüder, als ihre eigene Welt und als sie selbst. (7) Dort, wo sie hinsah, gab es ein buntes Treiben: Die Mädchen und Frauen waren schick angezogen. Sie erblickte Unmengen von Kaufhäusern. Autos hupten geschwinder Fahrt. „Da ist etwas los!", befand unsere Prinzessin. „Da ist es schön!" (8) Jeden Tag verglich Lina ihre Welt mit der der anderen, mit der in der Ferne liegenden. Und sie fand: Da wollte sie sein, da wollte sie hin!

Eines Tages, als sie wieder einmal am Fernglas übermüdet eingeschlafen war, fiel es zu Boden und die Linse zerbrach. Sie flehte ihren Vater an, ihr ein neues Fernglas zu kaufen! Sofort! Sie bat und trampelte; sie schrie und flehte; sie kniete gar vor ihm nieder. Doch je mehr sie bettelte, desto sicherer war sich der König, dass das Fernglas die Ursache allen Übels war. In der Sehnsucht nach dem anderen hatte seine Tochter ihre eigene Schönheit und die des Landes vergessen!

Anfangs war die Prinzessin noch griesgrämiger und gelangweilter als je zuvor. Denn was sollte sie ohne ihr Fernglas tun? Doch schon nach drei Wochen geschah etwas Unerwartetes, als sie durch den Garten lief und das nasse Gras unter ihren Zehen spürte: Freude! Lina empfand pure Freude in ihrem Herzen! Sie winkte den König herbei und rief: „Schau doch, Vater! Wie schön die Grillen hier im Gras zirpen!" (9)

Gott ist in jeder Religion.

Sufistische Fabel

Am Himmelstor[4]

Rashid und Anna kamen am gleichen Tag zur selben Stunde zum Tor des Himmels.

Rashid war ein alter Mann gewesen, der froh war, nach langer Krankheit endlich Frieden gefunden zu haben. Anna war auf der Erde eine sehr alte Frau gewesen, die mit über 90 Jahren seit vielen Monaten gehofft hatte, endlich gehen zu können, in den Himmel. Und doch waren beide überrascht und froh, vor den Toren des Paradieses gelandet zu sein. Denn das war es, das Paradies: Um sie herum leuchtete alles in einem hellen weißen Licht, das sie von unten gar nicht kannten. Am Eingang des aus Licht geformten Tores stand ein Hüter, der sie nun freundlich um Eintritt bat. (1)

Doch Anna wollte noch gar nicht hindurchgehen, frohen Herzens, dass sie den Übergang hierhergeschafft hatte, wo es sich so wunderbar anfühlte, weil schwerelos und leicht. So sprach sie zum Hüter des Himmelstores: „Hallo, ich grüße dich!" Anna wusste auch nicht so recht, wie sie das Wesen des Lichts ansprechen sollte: „Kannst du mir vielleicht sagen, warum ich im Paradies gelandet bin?" Der Hüter lächelte und sagte: „Gut, dass du es wissen möchtest. Aber was denkst du denn, was der Grund für dein Ankommen hier oben ist?" Anna antwortete ganz spontan: „... weil ich sonntags in der Dorfkirche immer gebetet habe?" Der Hüter lächelte und schüttelte den Kopf. Da mischte sich auch Rashid ein und wollte wissen, warum er im Paradies gelandet war. „War es vielleicht deshalb, weil ich mein Leben lang beim Ramadan gefastet habe?", fragte er. Doch der Hüter des Tores lächelte wieder in seiner freundlichen Art und schüttelte den Kopf. (2)

Anna und Rashid wurden ganz eifrig, denn sie waren nun neugierig geworden: „War es, weil ich in der Kirche immer ein Kopftuch getragen habe?", fragte Anna. Doch der Hüter des Himmelstores verneinte auch diese Frage. „War es, weil ich mich

[4] Frei übersetzt aus: *Les Philo-Fables*, Michel Piquemal, Philippe Lagautrière, édition Albain Michel Jeunesse, 2003, Paris

mehrmals am Tag auf meinem Gebetsteppich verbeugt und gebetet habe?", fragte Rashid motiviert. Der Hüter des Tores schüttelte wieder den Kopf in seiner warmherzigen Weise. (3)

Nun fiel den beiden Neuankömmlingen nicht mehr viel ein. Was hatten sie getan, um ins Himmelreich zu kommen? Womit hatten sie es verdient?

Als Anna verstand, dass sie selbst nichts herausfinden würden, denn die Einhaltung der religiösen Gesetze schien kein ausschlaggebender Grund fürs Himmelstor zu sein, nahm sie sich ein Herz und fragte den Hüter: „Lieber Hüter, warum bin ich denn ins Paradies gekommen?" Der Hüter nickte und schaute Anna direkt an: „Weil du barmherzig warst, liebe Anna, und den Bettler auf der Landstraße, die zu deinem Dorfe führt, immer mit Essen versorgt hast!" (4) Und auch Rashid wollte erfahren, weshalb er im Paradies angekommen war, und fragte den Hüter. Da antwortete dieser: „Das kann ich dir sagen, lieber Rashid! Weil du in einer Nacht in Bagdad, als es regnete und kalt war, einer kleinen jungen Katze an der Ecke der Straße geholfen hast. Du hast sie unter deinen Mantel genommen, du hast sie gewärmt und ihr in deinem Zuhause frische Milch zum Trinken gegeben. Deshalb bist du hier im Paradies." (5) Die Pforten des Himmels öffneten sich weit. Rashid und Anna gingen hindurch. (6)

Die Schönheit ist ein Licht im Herzen.

Abu Tajib Ahmad ibn al-Husain

Schönheit – Das Licht

Amman wohnte mit seiner Familie in einem großen, geräumigen und komfortablen Haus. Der Garten war ein weiter Park und das Haus ein Palast mit zwei Türmen – einer stand im Osten und einer im Westen. Amman war der Sohn des Kalifen Hussain Al Hammad. Er hatte noch viele Geschwister, manche wohnten zusammen mit der Familie im Haus, andere waren in den arabischen Landen unterwegs, sei es, um zu kämpfen, sei es, um sich über die Lage in den Landstrichen zu informieren und dem Kalifen zu berichten.

Amman war Reichtum gewohnt. Die Türklinken des Hauses waren aus purem Gold, die Möbel aus edlen Hölzern, die Stoffe aus schwerem Samt und Brokat. Überhaupt gab es keine Rottöne, kein Gold und Gelb, kein strahlendes Blau, die es nicht gab: Der Palast mit seinen 15 Zimmern leuchtete in den schönsten Farben, die sich gegenseitig ergänzten und die jeweils die andere Farbe noch mehr zum Glänzen brachten. So wuchs Amman heran. Und da alles um ihn herum so wunderschön war, kannte er auch nur diese Art der Schönheit, die man auf den allerersten Blick schon sieht, die alle Menschen fasziniert und die an Reichtum gebunden ist. (1)

Eines Tages ging Amman mit seiner Kinderfrau in die große Stadt, die nicht weit vom Palast entfernt lag. Sie nahmen die Pferde und stiegen kurz vor den Toren der Stadt ab, um über den samstäglichen Markt zu spazieren. Wie es duftete, diese Gewürze! Was das Auge doch alles zu sehen bekam! Amman liebte den Markt, auf dem es alles gab, was die Anwohner begehrten. Natürlich nur, wenn sie genügend glänzendes Metall in der Tasche hatten, um sich ihre Träume zu erfüllen. (2)

Als Amman gerade an dem Stand der Gewürze vorbeigeschlendert war, erblickte er ein altes Weiblein, das am Rande auf dem staubigen Boden saß. Nur mit einem Tuch umhüllt, auf einen Stock gestützt, die grauweißen Haare unachtsam zu einem Dutt zusammengesteckt, blickte sie den Jungen unverwandt an. „Was für eine Unhöflichkeit“, erboste sich Amman, „dem Sohn des Kalifen geradewegs in die Augen zu schauen!“ (3) Doch das alte Weiblein schaute unbeirrt weiter, geradewegs in Ammans Augen hinein und durch sie hindurch in die Mitte seines Herzens. (4) Da spürte der Junge zwei starke Gefühle: Seine Wut darüber, was sich das alte Weib wohl erlaube, ihn auf diese Weise als Sohn des Kalifen zu kränken! Darüber hinaus und darunter jedoch sah Amman ein Licht, ein kleines helles Licht leuchten, ganz tief in den innersten Gefilden seines Herzens. Und dieses Licht stimmte ihn milde, als öffne sich ein Raum, viel größer noch als der Palast seiner Familie, ein Licht inmitten seiner Brust. Weit wurde ihm dort, weit und warm. (5) Und noch ganz erfüllt von dieser Öffnung des Herzens, fragte er erstaunt: „Wer bist Du, altes Weib?“ Und mit einer Stimme so sanft und doch bestimmt, so tief und doch so klar, wie er es noch nie gehört hatte, antwortete sie ihm: „Ich, lieber Amman, bin das, was Du nicht sehen konntest, und das, was Du nun spürst.“ (6) Damit erhob sie sich vom staubigen Boden, stützte sich auf den braunen Stock, wendete sich ruhig von ihm ab und verlor sich auf dem Markt in der Menge der Menschen. (7)

Geliebt zu werden, macht uns stark.
Zu lieben macht uns mutig.

Lao-tse

Liebe macht mutig!

Die alte Ameise Miralda lebte zeit ihres Lebens in einem dichten Wald; in demselben Wald, in dem sie geboren und aufgewachsen war. Miralda war unter den Ameisen eine Großmutterameise, mit ihren 13 Jahren! Als schwarze Wegameise konnte sie nämlich bis zu 15 Jahre alt werden, im Vergleich zu anderen kleinen Artgenossen, die manches Mal nur wenige Wochen lang auf der Erde verweilten.

Miralda ging tagein und tagaus spazieren. Daher kannte sie den Wald sehr gut, jedes Gestrüpp, jeden Busch, jeden Hügel und jede Lichtung. (1) Sie lebte mit ihrer Familie auf einem riesigen braunen Ameisenberg, rechter Hand hinter der dicken alten Eiche. Miralda hatte viele Geschwister, viele Tanten und Onkel, und alle halfen sich gegenseitig. Jeder hatte seine Aufgaben zu erfüllen, damit die Familie auf ihrem Berg auch gut und beschützt zusammenleben konnte: Es musste für Essen gesorgt werden, für den Erhalt des Baus und für die Sicherheit eines jeden. Daher bemühten sich alle Waldameisen, füreinander zu sorgen. (2)

Dieses Füreinander tat Miralda gut. Sie liebte ihr Zuhause, ihren Berg; sie liebte ihre Geschwister und Freunde. Wenn sie, wie jetzt gerade, spazieren ging, sich von ihrem Ameisenberg entfernte und über die feuchte Erde in die Wiesen lief, fühlte sie sich geborgen und sicher. (3) Sie wusste ja: Wenn ich wieder nach Hause komme, treffe ich auf meine Familie und Freunde.

So wagte es Miralda, sich am heutigen Tage besonders weit von ihrem Bau zu entfernen. Sie war in ihre Gedanken versunken und auch in ihre Blicke: Die bunten Blumen über ihr, das hohe grüne Gras, durch das sie streifte, und die großen hohen Bäume waren so schön! Die Farben der Natur waren so wunderschön! (4)

Plötzlich hörte Miralda ein Tweeten, aber so eine Art „tweet tweet", wie es nur ganz junge Vögel tun! Sie hörte heraus, dass es ein erschrockener Ton war, als ob jemand

Angst habe. Miralda wusste sofort: „Da ist jemand in Gefahr; da ist ein junges Vögelchen in Gefahr!" Sie bewegte sich so schnell wie möglich fort. (5) Als Ameise war das gewiss nicht besonders geschwind, aber Miralda gab ihr Allerbestes (6) und konnte bald ein junges Vögelchen entdecken, vor ihr auf der Lichtung, das wehrlos auf dem braunen Boden lag. Oben, in den Baumwipfeln, erblickte sie auch ein Nest. Es musste dasselbe sein, aus dem der junge Vogel gefallen war. Miralda kam näher und ihr eigenes kleines Herz begann schnell zu schlagen: Denn über das schutzlose junge Vögelchen beugte sich eine Wildkatze, die versuchte, den jungen Vogel zu fressen. Noch spielte sie mit ihm, wie es Kätzchen gerne tun, bevor sie einen Vogel verschlingen, mit Haut und Federn.

Miralda stockte der feine Atem, aber mutig, wie sie war, schlich sie sich leise an die Katze heran, kletterte auf deren Pfoten und spritzte ihre Säure, die sie als Waffe immer bei sich trug, direkt auf das Fell. (7) Es dauerte keine Sekunde und die Katze schrie auf vor Schmerzen, ließ sofort das Vögelchen fallen und rannte, so schnell sie konnte, davon. Noch von Weitem hörte man ihr Klagen durch den Wald schallen. (8) Das junge Vögelchen aber erholte sich im selben Moment und flatterte zu seinem Nest hinauf.

Anhang

Ethische Lehrteile

Arbeitsbögen für jüngere und ältere Kinder mit Hinblick auf drei Lernkompetenzen

Antwortbögen

Wie geht es jetzt weiter?

Hier folgt nun, wie in der Einleitung angekündigt, zu jeder Fabel ein ethischer Lehrteil sowie zwei Arbeitsbögen: einer für jüngere und einer für größere Kinder. Alle Arbeitsbögen beinhalten Fragen zu drei verschiedenen zu erlernenden Kompetenzen:

1. Emotionale Kernkompetenz
2. Mentale Kompetenz
3. Erfahrung/Erkenntnisbildung

Im Antwortteil ab Seite 79 sind dann zu jeder Fabel die Antwortbögen auf die Fragen aus den Arbeitsbögen zu finden.

Die Stille

Ethischer Lehrteil:

1. Wenn jemand die Stille liebt, nimmt er sich viel Zeit zum Schauen und zum Genießen.
2. Wer viel Energie und Kraft hat, dem fällt es meistens schwer, ruhig zu sitzen. Dieser Mensch muss das erst lernen.
3. Kobolde zählen der Mythologie nach zu den Naturgeistern (oder Hausgeistern), die gerne Schabernack anrichten. Sie sind nicht böse, sondern ihnen wird nachgesagt, dass sie sich gerne amüsieren und sehr lebhaft sind.
4. Jemand, der viel Zeit in der Stille und Ruhe verbringt, kann sich auf seine inneren Wünsche und Sehnsüchte einlassen, sie wahrnehmen und dann auch danach handeln.
5. Die Wesen, die den Kobold begleiten, unterstützen ihn gerne und helfen ihm durch sogenannte „Zufälle" auf seinen Wegen.
6. Zu lesen ist immer eine ruhige Tätigkeit, die allen das Gefühl von Ruhe vermittelt, weil der Mensch versunken und in Gedanken ist. Lesen hat emotional und kognitiv nicht denselben Stellenwert wie digitales Spielen: Diese besondere Ruhe und Tiefe gibt es nur im Lesen ohne einen Bildschirm. Die inneren Augen und die Fantasie lesen dann mit.
7. Wir können uns verändern! Wir alle sind in der Lage, uns zu verändern, wenn wir es möchten und wenn es uns guttut. So kommen wir unserer Bestimmung immer näher und fühlen uns deshalb in unserem Dasein immer wohler.

Arbeitsbögen

Fragen für Kinder: 4–6

Zu 1. Emotionale Kernkompetenz

a. Freut sich Ramazan darüber, etwas Neues und Unbekanntes zu sehen und zu erleben?
b. Was gefällt Ramazan am meisten, als er durch das Schlüsselloch ins Haus eintritt? Das Durcheinander, die Unordnung?
c. Liebt es Ramazan, in seiner Sandburg am Wasser zu sitzen und Steinchen auf die Wasseroberfläche zu werfen?
d. Als Ramazan das Haus und die alte Frau sieht – will er sich da beeilen und schnell die Wiese herunterkullern?

Zu 2. Mentale Kompetenz

a. Was liebt der Kobold Ramazan am meisten?
b. Möchte Ramazan eine Wanderung machen?
c. Sind Kobolde in der Fabel normalerweise alles ruhige Geister?
d. Wer oder was fasziniert Ramazan besonders? Der alte Mann mit dem Buch in der Hand?
e. Sind für Ramazan die anderen Kobolde zu laut?

Zu 3. Erfahrung/Erkenntnisbildung

a. Wird das Lesen die Lieblingsbeschäftigung von Ramazan?
b. Kann Ramazan in der Stille und Ruhe am besten nachdenken?
c. Mag Ramazan, dass die anderen Kobolde so laut lachen und er sie immer und überall hören kann?
d. Ist Ramazan ganz aufgeregt, als er das Haus, die alte Frau und den Rauch aus dem Schornstein des Hauses sieht?

e. Warum helfen die Elfen Ramazan? Weil er so süß ist?

Fragen für Kinder: 7–11

Zu 1. Emotionale Kernkompetenz

a. Weshalb freut sich Ramazan, als er die alte Frau und das Haus erblickt? Weil er gerne Neues erlebt?
b. Warum stört es Ramazan, dass all die anderen Kobolde so laute, tummelige Wesen sind?
c. Wie fühlt sich Ramazan, als er das Haus mit der alten Frau erblickt?
d. Als Ramazan durch das Schlüsselloch ins Haus gelangt – was berührt ihn da tief im Inneren?

Zu 2. Mentale Kompetenz

a. Weshalb sitzt der Kobold Ramazan gerne am Wasser?
b. Nach der Mythologie: was sind Kobolde für Wesen?
c. Als Ramazan ins Innere des Hauses kommt – was oder wer fällt ihm als Erstes ins Auge?
d. Wer hilft Ramazan im Wald, damit er essen und also die Beeren finden kann?

Zu 3. Erfahrung/Erkenntnisbildung

a. Was treibt Ramazan an, eine Wanderung zu unternehmen?
b. Was mögen die Elfen an diesem ungewöhnlichen Kobold Ramazan?
c. Was wird der Lieblingsort von Ramazan?
d. Warum gefällt Ramazan das Lesen des Buches so gut?

Wahrer Reichtum

Ethischer Lehrteil:

1. Natur: Es wird der Reichtum unserer Mutter Erde beschrieben, den wir alle schützen wollen. Mutter Erde ist reich und gibt uns Menschen alles, was wir brauchen.
2. Wenn ein Mensch viel Geld hat, denkt er oft nur an die Vermehrung des Geldes. Er hat dann wenig Zeit; er fühlt die Zeit nicht als Raum der Entfaltung: Der Vater muss sich beeilen, um Geld zu verdienen.
3. Wenn ein Elternteil keine Zeit empfindet, immer betriebsam und hektisch ist, transportiert sich diese Unruhe auf die Kinder, die dann ebenfalls kaum Ruhe empfinden können: nonverbal und atmosphärisch wird das Gefühl, keine Zeit zu haben, auf die folgende Generation übertragen und wirkt somit weiter. Es determiniert auch die Gefühlswelt der Kinder.
4. Reichtum allein macht nicht glücklich, sondern nur stolz. Finanzieller Reichtum ist dem Vater wichtiger als die Schönheit des Landes. Es geht ihm nicht um Mutter Erde, sondern um HABEN, um Besitz. Dieses HABEN vor dem SEIN wird von ihm als Botschaft an seinen Sohn weitervermittelt.
5. Wer allein ans Geldverdienen und an die Vermehrung des materiellen Reichtums denkt, empfindet keine Zeit, kann kaum genießen.
6. Ein Vater-Sohn-Verhältnis voller Liebe zeigt: Die Liebe steht im Vordergrund. Unbequemlichkeiten sind nicht wichtig, nährt die Liebe doch die grundlegende Verbindung. Das Beisammensein speist den Wert aus sich heraus.
7. Es geht um die Vorbildwirkung: Wenn wir in Liebe sind und dem anderen vertrauen, können wir ihm ungefragt folgen und lernen von ihm.
8. Sich gemeinsam Zeit zu nehmen, die Muße und das Genießen sind bedeutsam: Vater und Sohn genießen das Zusammensein und das, was die Natur uns schenkt.

9. Hier geht es um die Gleichberechtigung: Nicht der Vater entscheidet allein, sondern sie fühlen sich wohl im Miteinander und im Vertrauen. Dieses Miteinander wird sichtbar, weil es fühlbar ist.
10. Die Erde gehört allen und ist für alle da.
11. Tiefe erschafft wiederum Tiefe und ist für alle fühlbar. Die nonverbale Gefühlswelt erzeugt ein Feld der Resonanz, in dem wir SIND. Das Schauen als Aktivität wird betont. Der Augenblick ist reich durch die Fülle der Bilder und die Dichte der Emotionen.

Arbeitsbögen

Fragen für Kinder: 4–6

Zu 1. Emotionale Kernkompetenz

a. Nimmt sich der reiche Mann mit seinem Sohn Yaro viel Zeit, um auf den Berg zu steigen?
b. Haben der reiche Mann und sein Sohn Yaro genügend Zeit, um den Ausblick auf das Land zu genießen?
c. Geht Navin mit seinem Vater gerne auf den Berg, obwohl es sehr früh am Morgen ist?
d. Genießen Navin und sein Vater den Ausblick auf die Landschaft, als die Sonne erwacht?
e. Möchte Navin den Berg schnell wieder verlassen, als er die Landschaft in orange- rötliches Licht getaucht sieht?

Zu 2. Mentale Kompetenz

a. Ist Navin der Sohn vom reichen oder vom armen Mann?
b. Wie heißt der Sohn des armen Mannes?
c. Wohnen die beiden Väter mit ihren Söhnen weit auseinander?
d. Sind für den reichen Mann sein Besitz und sein Geld wichtig?
e. Kann der arme Mann mit seinem Sohn die Zeit auf dem Berg so lange genießen, wie sie es beide wünschen?

Zu 3. Erfahrung/Erkenntnisbildung

a. Was ist in der Fabel wichtiger: Land zu besitzen oder Zeit mit dem Vater zu verbringen?
b. Was ist in der Fabel der „wahre" Reichtum? Viel Geld zu besitzen oder die gute Beziehung zwischen Vater und Sohn?

c. Warum möchte Navin auf den Berg steigen? Um schnell wieder herunterzuhetzen oder um die Landschaft und den Ausblick zu genießen?

d. Was denkst du: Wer ist in der Geschichte glücklicher? Yaro, der Sohn vom reichen Mann, oder Navin, der Sohn vom armen Mann?

e. Freut sich unsere Mutter Erde, wenn wir gut mit ihr umgehen, sodass sie gesund ist und die Pflanzen gut wachsen können?

Fragen für Kinder: 7–11

Zu 1. Emotionale Kernkompetenz

a. Bei wem ist die Bindung zwischen Vater und Sohn liebevoller: bei dem reichen oder bei dem armen Mann?

b. Wenn wir Lust haben, etwas zu tun, ist es dann wichtig, ob es sehr früh morgens losgeht, obwohl wir noch müde sind?

c. Was macht einen Menschen glücklicher: das Geld oder die Liebe?

d. Meinst Du, es gefällt Yaro, dass sein Vater sich beeilen und sputen muss, den ganzen Weg hinauf und hinunter vom Berg?

e. Der Sonnenaufgang und die Landschaft im orangen Licht – berührt dies Yaro tief in seinem Herzen?

Zu 2. Mentale Kompetenz

a. Wo wohnen die beiden Väter mit ihren Söhnen?

b. Wie heißt der Sohn des armen Mannes?

c. Ist es entspannter, wie der reiche Mann mit seinem Sohn den Berg hinaufsteigt oder wie der arme Mann mit seinem Sohn den Berg hinaufgeht?

d. Als der arme Mann, auf dem Berg sitzend, seine Hände weit ausbreitet und spricht, was möchte er seinem Sohn zeigen?

Zu 3. Erfahrung/Erkenntnisbildung

a. Was meinst du, welcher Sohn ist glücklicher? Der Sohn vom reichen Mann, Yaro, oder der Sohn vom armen Mann, Navin?
b. Wenn einem Menschen der Reichtum des Geldes wichtiger ist als die Ruhe, das Zeithaben und die Gemütlichkeit – meinst du, dies tut dem Menschen gut?
c. Die Erde – wem gehört sie tatsächlich?
d. Was denkst du? Ist es wichtiger, dass einem Menschen Grund und Boden gehören oder ist es wichtiger, dass der Planet Erde von allen Menschen gut behandelt wird, damit wir alle überleben können?
e. Wenn du dich entscheiden müsstest, was würdest du wählen? Reichtum in der Familie oder die Liebe zueinander in der Familie?

Traurigkeit

Ethischer Lehrteil:

1. Wenn wir traurig sind, können wir nichts mehr wahrnehmen. Wir spüren kaum Wärme, sehen keine Farben, haben körperlich kein warmes Empfinden mehr: Wir werden stumm.
2. Wenn wir traurig sind, sind unsere Empfindungen oftmals ganz anders als es in der Realität, in der Außenwelt ist: Obwohl es draußen warm ist, kann uns innerlich und physisch ganz kalt sein.
3. Wenn wir traurig sind, wollen wir manches Mal das Licht und die Wärme gar nicht sehen und neigen uns freiwillig zum Boden, ins Dunkle.
4. Manchmal wissen wir nicht, weshalb wir traurig sind – und fühlen die Traurigkeit doch so stark.
5. Wir richten unseren Blick nach unten. Ohne es zu wissen, verorten wir uns selbst mehr und mehr in der Dunkelheit.
6. Manchmal sind es kleine Dinge, die uns traurig oder froh machen, kleine Gesten, im Alltag integriert. Diese Gesten fallen uns erst auf, wenn sie nicht mehr da sind. Dann fehlen sie.
7. Ein anderer Gedanke kann unsere Gefühle verändern und somit unsere Taten und Aktionen, unser Leben.
8. Wenn wir unsere Gedanken ändern, die Umwelt wieder wahrnehmen und der andere in unser Blickfeld rückt, werden wir aktiv und unsere Innenausrichtung führt in die Welt, wird wieder weit.
9. Wenn wir wieder Licht sehen, uns bewegen, fort von dem dunklen Ort hinauf ins Licht und uns an die anderen erinnern, die uns brauchen, erinnern wir uns an unsere eigene Schönheit, an unsere Gaben und Fähigkeiten und daran, wer wir sind.
10. In dem Moment, in dem wir aus der Traurigkeit aufbrechen und in die Aktion gehen, bewegen sich auch unsere Gefühle und Stimmungen. Die Emotionen, die noch kurz zuvor uns bestimmt haben, können in derselben Sekunde

vergessen werden, wenn Änderung eintritt: Verändere deinen Blickwinkel und du veränderst deine Stimmung und somit deine Wirklichkeit. Mira und die kleine Biene können sich leichten Herzens verabschieden, weil sie nun wissen, dass sie sich immer, irgendwann und irgendwo, wiedersehen können: Wer (den anderen) sucht, der findet.

Arbeitsbögen

Fragen für Kinder: 4–6

Zu 1. Emotionale Kernkompetenz

a. Wie fühlt sich Mira, der Kolibri, an diesem Tag?
b. Warum wird Mira immer trauriger, je länger sie nach unten schaut?
c. Trübt es die Stimmung von Mira, immer nach unten zu schauen, in die Dunkelheit, kein Licht zu sehen?
d. Tun dem Menschen Licht und Sonne gut?
e. Wenn Mira an ihre Freundin, die Biene, denkt, verändern sich dann ihre Gefühle?
f. Wenn sich Mira um ihre Freundin sorgt, kommt sie dann in Bewegung?

Zu 2. Mentale Kompetenz

a. Wer ist Mira? Ein Vogel, der ein Kolibri ist?
b. Kann Mira die Sonne und den blauen Himmel sehen, als sie in ihrer Traurigkeit gefangen ist?
c. Als Mira an die Biene denkt, macht sie sich dann auf die Suche nach ihr?
d. Tut es Mira in ihrem Herzen gut, sich auf die Suche nach ihrer Freundin, der Biene, zu machen und hoch hinaufzufliegen?
e. Findet Mira ihre Freundin, als sie nach ihr sucht?

Zu 3. Erfahrung/Erkenntnisbildung

a. Verändert sich Miras Stimmung in dem Moment, als sie sich um ihre Freundin sorgt und beschließt, sie zu suchen?
b. Stimmt es, dass, wenn sich unsere Gefühle verändern, wir auch anders handeln?

c. Wen wir uns um jemanden sorgen, bemühen wir uns dann, ihm zu helfen?
d. Als sich Biene und Kolibri finden, weil sie sich sehen – sind sie dann glücklich und kann dann jeder weiter seines Weges gehen?

Fragen für Kinder: 7–11

Zu 1. Emotionale Kernkompetenz

a. Warum ist Mira, der Kolibri, traurig?
b. Wenn man traurig ist, ist einem dann oft auch kalt, obwohl die Sonne scheint?
c. Kann Mira ihre Stimmung verändern, als sie darüber nachdenkt, weshalb sie so traurig ist?
d. Was verändert sich für Mira, als sie an ihre Freundin, die Biene, denkt?
e. Als sich Miras Gedanken verändern, verändern sich dann auch ihre Gefühle und ihre Taten?

Zu 2. Mentale Kompetenz

a. Warum beginnt Mira ihren Zustand zu verändern?
b. Wann fällt Mira ein, dass sie ein Kolibri ist, der in der Luft mit den Flügeln schlagen kann?
c. Helfen uns Licht und Sonne, um uns glücklich zu fühlen?

Zu 3. Erfahrung/Erkenntnisbildung

a. Treffen sich Mira und die Biene am Ende der Fabel, weil sich Mira auf die Suche nach ihr gemacht hat?
b. Dunkelheit und Licht – meinst du, diese zwei Beschreibungen passen auch auf unsere Gefühle: Traurigkeit und Freude?

c. Verändert Mira selbst ihre Gefühle und ihren Zustand oder kommt jemand vorbei, der ihre Gefühle für sie verändert?

d. Was meinst du: Wenn wir unsere Gedanken, unsere Gefühle verändern, verändern wir dann auch unsere Handlungen?

e. Geht es Mira besser, als sie sich bewegt, nach oben fliegt, die Bäume und Blumen sieht und den Himmel entdecken kann?

Freundschaft – das Auge des Nashorns

Ethischer Lehrteil:

1. Freunde sind die, die da sind. Freunde sind diejenigen, die uns wohlgesonnen sind. Freunde sind alle Lebewesen, die uns umgeben.
2. Es kann immer etwas Unerwartetes im Leben geschehen, auch, wenn es für dich gerade ganz gemütlich und gut ist. Es kann sogar etwas Existentielles passieren, das ganz wichtig ist und versucht, dich aus der Bahn zu werfen.
3. Wenn etwas in deinem Leben geschieht, das dich aus der Bahn wirft, bleibe ruhig: Je nervöser, ängstlicher und hektischer du wirst, desto weniger kannst du sehen. Das, was dir Angst macht, wird aufgewühlt. Es vermehrt sich und du wirst blind. Angst macht blind, quasi sofort mit Beginn ihrer Wirkung. Deine Augen können nicht mehr sehen, nicht mehr über das hinausgehen, was vor deinen Füßen passiert.
4. Freunde sind dafür da, dass sie uns helfen. Sie kennen uns, sie wünschen uns das Beste und setzen sich für uns ein. Sie versuchen, uns zu erreichen und uns zu unterstützen.
5. Wenn wir uns in die Angst begeben und sie die Herrschaft über uns ergreift, werden wir nicht nur blind, sondern auch taub: Wir sehen nichts mehr. Wir hören nichts mehr. Und: Unsere Freunde können uns nicht mehr helfen. Wir erkennen sie nicht mehr. Es existiert nur noch der Schrecken.
6. Es wird beschrieben, was mit dem Geist und mit dem Körper passiert, wenn die Angst die Herrschaft über das Lebewesen übernimmt: Das Wesen wird krank – erst seelisch, geistig, dann körperlich.
7. Die Bedeutung der Freundschaft wird herausgestellt. Freunde kämpfen um einen. Und wenn sie dies tun, kann das betroffene Lebewesen sie wieder hören, sehen, erkennen. Freunde haben somit die Möglichkeit, uns zu retten. Freundschaft ist für alle Lebewesen unabdingbar. Insbesondere solche, die sich für uns engagieren.
8. Dadurch, dass wir nicht alleine sind und andere sich um uns bemühen, werden wir wieder gesund: Liebe macht gesund. Mitgefühl macht gesund.

Und dann gehen wir im Leben weiter. Haben wir den Schrecken überlebt, lassen wir ihn hinter uns, und manchmal gar, als sei nichts Schlimmes geschehen. Wir gehen den Weg unseres Lebens weiter.

Arbeitsbögen

Fragen für Kinder: 4–6

Zu 1. Emotionale Kernkompetenz

a. Weshalb wird das Nashorn nervös?
b. Wer sind seine Freunde?
c. Was passiert daraufhin mit dem Nashorn?
d. Wer hilft dem Nashorn?

Zu 2. Mentale Kompetenz

a. Wie findet es sein Auge wieder?
b. Als das Nashorn nervös wird und hektisch überall sucht, hat es da eine große Chance, sein Auge wiederzufinden?
c. Als das Nashorn seine Freunde hören kann, hilft ihm das, sein Auge zu finden?
d. Was macht das Nashorn am Ende der Fabel?

Zu 3. Erfahrung/Erkenntnisbildung

a. Wenn man nervös wird, ist man dann ruhig?
b. Warum konnte das Nashorn sein Auge wiederfinden?
c. Als das Nashorn so nervös war und sich alleine gefühlt hat, hat es sich da gut und sicher gefühlt?
d. In dem Moment, als das Nashorn seine Freunde hören kann, wird es da im Herzen ruhig und kann in Ruhe suchen?

Fragen für Kinder: 7–11

Zu 1. Emotionale Kernkompetenz

a. Was bedeutet Freundschaft?
b. Warum kann das Nashorn sein Auge nicht mehr finden?
c. Was macht die Angst mit ihm?
d. Können Nervosität und Angst helfen?

Zu 2. Mentale Kompetenz

a. Mit wem ist das Nashorn befreundet?
b. Wann sieht das Nashorn klarer?
c. Was macht das Nashorn am liebsten?

Zu 3. Erfahrung/Erkenntnisbildung

a. Wird das Nashorn von alleine ruhig?
b. Was geschieht in dem Moment, als das Nashorn seine Freunde hören kann?
c. Bilden die Lebewesen in der Natur eine große Gemeinschaft, in der alle miteinander verbunden und aufeinander angewiesen sind?

Der Engel

Ethischer Lehrteil:

1. Jeder ist mit allen verbunden, jeder wird von anderen unterstützt. Wir sind nicht allein. In einer Großfamilie übernimmt jeder die Aufgaben, die ihm liegen und die er am besten erledigen kann: Menschen halten zusammen.
2. Wir dürfen uns auf unsere Eingebungen verlassen, auf unsere Wahrnehmungen und auf unsere Intuition. Der erste Eindruck, der ohne Denken entsteht, sondern wahrgenommen wird, tief im Herzen, ist oft der richtige!
3. Wenn wir uns bei wichtigen Entscheidungen die Zeit nehmen, erst einmal darüber zu schlafen, gewinnen wir an Einsicht und oft tun sich dann Lösungen und Ideen auf, die wir zuvor nicht sehen konnten.
4. Es ist gut, sich Zeit für wichtige Entscheidungen zu nehmen, insbesondere, wenn wir ratlos oder wütend sind. In der Nacht helfen die Träume, die uns manches Mal gute Ideen liefern, ganz im Bereich des Unbewussten, und doch spürbar.
5. Nicht nur wir Menschen sind auf diesem Planeten alle miteinander verbunden, sondern wir Menschen werden auch begleitet, von Engeln, von Wesen, die sehen, was wir tun, die manches Mal auch für uns einstehen, sich zeigen, uns trösten, uns Einsichten per Gedanken vermitteln.
6. Der Engel spricht aus Liebe und mit den Worten der Liebe. In der Tat können die Liebe und der Mut unser aller Leben retten und uns auch vor der Bösartigkeit anderer schützen. Liebe ist das Band, mit dem Menschen und alle Wesen miteinander verbunden sind.
7. Wenn sich alle darauf besinnen, wie stark sie sind, wie mächtig, kann der *eine* Böse nicht viel ausrichten.
8. Wenn alle miteinander verbunden sind und in der Liebe zusammenhalten, was soll der andere tun? Gegenüber der Macht der Liebe und des Mutes im Lächeln ist der vermeintlich Starke meist machtlos.

Arbeitsbögen

Fragen für Kinder: 4–6

Zu 1. Emotionale Kernkompetenz

a. Woran erkennen alle Affen, dass der große Neue nichts Gutes bringen wird?
b. Was strahlt der Engel aus, als er Odomaté im Traum erscheint?
c. Hält die Affenbande aus Liebe zusammen, weil sie sich gegenseitig unterstützen möchten?
d. Muss der Neue gehen, weil er gegen die Kraft der Liebe nichts ausrichten kann?
e. Möchten die Affen von Odomatés Familie ihn als Chef behalten und ihm helfen?

Zu 2. Mentale Kompetenz

a. Leben Affen alleine oder in einer großen Familie zusammen?
b. Ist der neue große Orang-Utan gefährlich?
c. Beansprucht der große Orang-Utan seinen Platz als Chef der Affenbande, einfach so?
d. Möchte der alte Orang-Utan Odomaté schlafen gehen, nachdem er erst einmal sein *Okay* gegeben hat?

Zu 3. Erfahrung/Erkenntnisbildung

a. Findest du es richtig, dass ein Fremder vorbeikommt und den Platz als Chef beansprucht, indem er droht und schimpft?
b. Wer erscheint in dem Traum?
c. Kann der Engel, als er Odomaté und seiner Affenbande im Traum erscheint, helfen?
d. Bringen Engel gute Nachrichten?

e. Wenn Odomaté und seine Affenfamilie zusammenhalten, können sie dann so den großen Neuen vertreiben, der nur Ärger bringt?

Fragen für Kinder: 7–11

Zu 1. Emotionale Kernkompetenz

a. Wie erkennen die Affen, dass der neue Orang-Utan nichts Gutes bringen wird?
b. Haben die Affen Angst, als der neue Orang-Utan in das Land der Großen Bäume kommt und über sie bestimmen will?
c. Siegt die Angst in der Affenfamilie oder siegen die Liebe und der Zusammenhalt untereinander?
d. Fühlen sich die Affen und Odomaté nach dem Besuch des Engels im Traum gestärkt und mutiger?
e. Was tun die Affenfamilie und Odomaté nach dem Besuch des Engels in der Nacht?

Zu 2. Mentale Kompetenz

a. Warum ist es gut, dass alle Affen in einer großen Familie zusammenleben?
b. Warum gibt der alte Orang-Utan erst einmal sein *Okay* zur Übernahme der Affenbande?
c. Was passiert, als der alte Orang-Utan Odomaté schläft?
d. Wie verhalten sich die Affen nach dem Traum?

Zu 3. Erfahrung/Erkenntnisbildung

a. Wie glaubt der große Neue den Platz Odomatés, des Chefs der Affenbande, beanspruchen zu können?
b. Ist es richtig, dass ein Fremder vorbeikommt und seinen Platz als Chef beansprucht, indem er droht und die anderen einschüchtert?

c. Hat sich Odomaté seinen Platz als Chef der Affenfamilie verdient, auch, indem er geliebt, respektiert und geachtet wird?
d. Warum kann der Neue trotz seiner Drohungen und Einschüchterungsversuche nicht gewinnen?

Sehnsucht

Ethischer Lehrteil:

1. Wenn Einigkeit herrscht, so herrscht auch der Frieden, die Ruhe.
2. Derjenige, der unzufrieden ist, wählt nicht aus, kann kaum genießen, ist den Menschen nicht zugewandt und nicht offenherzig. Er möchte alleine sein und ist doch immer unzufrieden.
3. Für Menschen, die dieses Gefühl der Unzufriedenheit nicht kennen, ist es schwierig, dieses Gefühl nachzuvollziehen.
4. Wenn ein Mensch sich selber überhaupt nicht mag, findet er an keinem der Dinge Wohlgefallen.
5. So fühlt sich jemand, der sich selbst nicht liebt und auch andere nicht liebt. Der Körper überträgt die Unzufriedenheit (Soma). Das Herz schnürt sich zusammen und seine Gedanken werden dunkel. (Psyche)
6. Wer unzufrieden ist, wählt nicht aus. Er kann kein Licht mehr sehen, keine Freude, keine Lust verspüren.
7. Wenn man am liebsten nach anderen schaut, vergessen wir uns selbst, unsere eigene Schönheit, unsere eigene Wertigkeit. Im Vergleich verlieren wir – uns.
8. Wenn wir unser Eigenes immer mit dem anderen vergleichen, kommt uns das andere viel schöner vor, obwohl es gar nicht schöner ist. Unser Herz zieht in die Ferne und kann die Schönheit im eigenen Lande und in uns selbst nicht mehr erkennen.
9. Wenn wir uns verändern, fehlt uns zunächst dasjenige, das wir so liebten und begehrten. Aber schon wenige Zeit im Wandel genügen und wir spüren den Neubeginn und fühlen andere Emotionen: Das Neue ist da!

Arbeitsbögen

Fragen für Kinder: 4–6

Zu 1. Emotionale Kernkompetenz

a. Ist die Prinzessin zufrieden und glücklich?
b. Warum ist die Prinzessin so griesgrämig und gelangweilt?
c. Weshalb findet Lina es in der Ferne immer am schönsten?
d. Kann der Vater, der stolz ist auf sein Land der Einigkeit, seine Tochter verstehen, wenn sie immer unzufrieden ist?

Zu 2. Mentale Kompetenz

a. Ist der Vater von Lina ein zufriedener König?
b. Wie viel Brüder hat die Prinzessin?
c. Ist das Land der Einigkeit ein friedliches Land?
d. Was tut die Prinzessin jeden Tag?
e. Wo findet Lina es am schönsten?

Zu 3. Erfahrung/Erkenntnisbildung

a. Was passiert, als das Fernglas zu Boden fällt?
b. Wann freut sich die Prinzessin über ihr Land, die Natur und die Grashüpfer?
c. Wenn die Prinzessin immer woanders sein will als da, wo sie ist, im Land der Einigkeit, ist sie so zufrieden und frohen Herzens?
d. Ist die Prinzessin am Ende froh, in ihrem schönen Land zu leben?

Fragen für Kinder: 7–11

Zu 1. Emotionale Kernkompetenz

a. Warum heißt es „das Land der Einigkeit"?
b. Weshalb ist die Prinzessin gefühlsmäßig anders?
c. Weshalb kann die Prinzessin die Schönheit des Gartens nicht sehen?
d. Wenn sich die Prinzessin den ganzen Tag langweilt und herumlungert, wie fühlt sie sich in ihrem Inneren?

Zu 2. Mentale Kompetenz

a. Wer lebt in dem Land der Einigkeit?
b. Wer ist in der Familie gefühlsmäßig so anders?
c. Was geschieht mit der Prinzessin, als das Fernglas zerbricht?
d. Versteht der Vater, was mit Lina geschehen ist, als das Fernglas zerbrochen ist?

Zu 3. Erfahrung/Erkenntnisbildung

a. Was passiert, wenn man sich selbst nicht lieb hat?
b. Das Fernglas – was macht es mit Lina?
c. Führt das Schauen in die Ferne zur Zufriedenheit?
d. Warum zieht es die Prinzessin immer woanders hin?
e. Weshalb fühlt die Prinzessin 3 Wochen, nachdem das Fernglas zerbrochen ist, schon eine pure Freude in ihrem Herzen?
f. Macht das ständige Vergleichen mit anderen einen selbst glücklich?

Am Himmelstor

Ethischer Lehrteil:

1. Egal, woher wir kommen, egal, wo unser Ursprung ist, wir begrüßen eines Tages alle die Sphären des Lichts, den Himmel, das Paradies.
2. Egal, ob wir beten oder fasten, ein Kopftuch tragen oder nicht, dies ist nicht der entscheidende Grund, weshalb wir ins Himmelreich kommen.
3. Wie streng wir auch immer die jeweiligen Gesetze der Religion ausüben, es ist nicht der ausschlaggebende Grund, weshalb wir ins Himmelreich kommen.
4. Alle Weltreligionen sowie die Religionen der indigenen Völker (Schamanismus) haben gemeinsam, dass Nächstenliebe, Mitgefühl und die Achtung des Lebens wichtig sind.
5. Ob Tier oder Mensch, alle Lebewesen verdienen unsere Hilfe und sind gleich wichtig. Wir wollen das Leben schützen und unterstützen.
6. Bildlich gesehen öffnen sich die Tore des Himmels für die Menschen, die auf der Erde Gutes tun – und das ist unabhängig von jeglicher religiöser Zugehörigkeit. Was gut ist, das weiß buchstäblich jedes Kind, ganz gleich, woher es kommt, das wurde in psychologischen Tests ermittelt: nicht stehlen, nicht wehtun, Freundlichkeit, Warmherzigkeit, Gerechtigkeit, Entspannung … All das wird von Kindern ab dem 12. Monat sehr wohl, scheinbar *evolutionär* verankert, wahrgenommen und geschätzt.

Arbeitsbögen

Fragen für Kinder: 4–6

Zu 1. Emotionale Kernkompetenz

a. Sind Rashid und Anna froh, im Paradies gelandet zu sein?

b. Hilft Anna dem Bettler auf der Landstraße, indem sie ihm zu essen gibt?

c. Hat Rashid einer kleinen Katze im Winter geholfen, indem er sie gewärmt hat?

d. Ist es gut, dass Anna und Rashid sich um Menschen und Tiere kümmern und ihnen helfen?

e. In der Fabel: Wenn Anna immer in die Kirche gegangen wäre, sich sonst aber als ein böser Mensch erwiesen hätte, wäre sie dann auch vor den Toren des Himmels gelandet?

Zu 2. Mentale Kompetenz

a. Ist der Hüter des Himmelstores ein freundliches Wesen?

b. Gehen Rashid und Anna sofort durch das Himmelstor hindurch?

c. Woran erkennen Rashid und Anna das Paradies?

Zu 3. Erfahrung/Erkenntnisbildung

a. Kommen Anna und Rashid in den Himmel, weil sie so viel gebetet haben?

b. Ist es ein guter Grund, ins Paradies zu kommen, wenn wir uns um andere liebevoll kümmern?

c. Öffnen sich die Tore des Himmels weit, weil Rashid und Anna zu Menschen und Tieren so nett gewesen waren?

d. Wie fühlen sich Anna und Rashid vor den Toren des Himmels?

Fragen für Kinder: 7–11

Zu 1. Emotionale Kernkompetenz

a. Was tut Anna Gutes, sodass sie in den Himmel kommt?
b. Was hat Rashid getan, um an die Pforten des Himmels zu gelangen?
c. Weshalb sind Anna und Rashid so froh, dass sie vor den Toren des Himmels gelandet sind?

Zu 2. Mentale Kompetenz

a. Warum sind Rashid und Anna froh, im Himmel anzukommen?
b. Warum will Anna nicht sofort durch die Pforten des Himmels hindurchgehen?
c. Warum stellen Anna und Rashid so viele Fragen?

Zu 3. Erfahrung/Erkenntnisbildung

a. Ist das Tragen des Kopftuchs der wahre Grund, weshalb Anna in den Himmel kommt?
b. Wann öffnen sich die Pforten des Himmels weit?
c. Kommt Rashid ins Paradies, weil er immer auf seinem Gebetsteppich betet?
d. Ist die Liebe zu Menschen und Tieren das Wichtigste?

Schönheit – Das Licht

Ethischer Lehrteil:

1. Es wird auf die Schönheit der materiellen Welt eingestimmt, um den Gegensatz zur inneren Schönheit, zum Licht, darstellen zu können. Es ist eine Einstimmung, wie schön äußerer Reichtum sein kann. Er ist aber immer auch an finanziellen Reichtum gebunden.
2. Es wird die Stimmung auf dem arabischen Markt beschrieben. Darüber hinaus der Verweis, dass dieses Schöne nur gekauft werden kann, nicht frei ist und nur für Menschen, die Geld haben, zugänglich ist.
3. In anderen Kulturen ist ein sehr hierarchisches, patriarchales Verhältnis aufgebaut: Man schaut Söhnen und Männern nicht direkt in die Augen, wenn sie von einem höheren sozialen Stand sind. Das gilt als anmaßend, respektlos und unhöflich. Der Stolz des Jungen wird angesprochen, der auf seiner „sozialen Rolle" beruht.
4. Die Augen sind der Zugang und der Spiegel zur Seele. Wir können in sie tief hineinschauen und in das Herz des Menschen blicken.
5. Blicke von Menschen können uns an uns selbst erinnern, sei es an unsere Wut und Angst, sei es an unsere Kraft und unsere Stärke, die als Licht (Seelenlicht) in unserem Herz-Raum wohnen. Der Blick eines Menschen kann wie ein Spiegel wirken und uns direkt treffen.
6. Dasjenige, was Amman nicht sehen wollte und konnte, war das materielle Elend der Menschen, weil er materiellen Reichtum gewohnt war. Und dasjenige, was er nun spüren kann, ist die Milde und das Mitgefühl im Herzen eines jeden Menschen: das innere Leuchten.
7. Wenn wir eine Lektion erhalten, von der wir sehr viel lernen können, ist es nicht unbedingt wichtig, den Menschen zu kennen oder uns an ihn zu binden: Für die Erfahrung reicht die Einsicht.

Arbeitsbögen

Fragen für Kinder: 4–6

Zu 1. Emotionale Kernkompetenz

a. Macht Amman der große Reichtum in seinem Palast glücklich?
b. Als Amman das alte Weiblein sieht und die Art, wie sie ihn anschaut, freut er sich darüber?
c. Weshalb fühlt sich Amman gekränkt?
d. Tut Amman das Licht, das er in seinem Herzen spürt, gut?

Zu 2. Mentale Kompetenz

a. Wer ist Amman?
b. Wie wächst Amman auf?
c. Mit wem reitet er zum Markt?
d. Was mag Amman so gerne am samstäglichen Markt?

Zu 3. Erfahrung/Erkenntnisbildung

a. Was geschieht, als das alte Weiblein Amman direkt in die Augen schaut?
b. Was ist es für ein Licht, das er sieht?
c. Wie reagiert Amman auf das Licht, das er im Herzen fühlt?
d. Trägt Amman nun das Licht in seinem Herzen, weil er es fühlen konnte?

Fragen für Kinder: 7–11

Zu 1. Emotionale Kernkompetenz

a. Was gefällt Amman an dem alten Weiblein nicht, das er auf dem Markt trifft?

b. Wann ändert sich Ammans Haltung zu ihr?
c. Wer ist dieses alte weise Weiblein?
d. Wie ist die Stimme der alten Frau, die es wagt, ihm direkt in sein Herz zu schauen?

Zu 2. Mentale Kompetenz

a. Wer ist Amman?
b. Warum lebt Amman in Reichtum?
c. Was gibt es auf dem samstäglichen arabischen Markt alles zu erleben?
d. Hat Amman das Licht in seinem Herzen schon gespürt, bevor er die alte Frau traf?

Zu 3. Erfahrung/Erkenntnisbildung

a. Was ist das für ein Licht, das er dank ihres Blickes empfinden und wahrnehmen kann?
b. Was macht dieses Licht mit Amman?
c. Die alte Frau sagt, sie sei das, was er bisher nicht sehen konnte. Was ist das?
d. Sie sagt, sie sei dasjenige, was er nun spürt. Was ist das?
e. Hat Amman durch den Blick des alten Weibleins etwas in sich selbst kennen und schätzen gelernt?

Liebe macht mutig!

Ethischer Lehrteil:

1. Alte Menschen haben den Vorteil, dass sie sich gut auskennen, viel gesehen und erlebt haben. ALTER hat viel Gutes: „Man ist herumgekommen."
2. Alle leben miteinander. Jeder hilft jedem. Die Familie ist dazu da, dass jeder für den anderen einsteht und ihn unterstützt.
3. Füreinander da sein macht uns sicher. Wenn alle für alle einstehen, fühlen wir das im Herzen als eine Grundsicherheit und können uns auch immer weiter von bekannten Orten entfernen, auch vom Elternhaus, Schritt für Schritt.
4. Wenn wir in der Natur allein unterwegs sind und uns Zeit nehmen, die Farben und Gerüche wahrzunehmen, gibt uns die Natur ganz viel – ihre Schönheit lässt uns träumen und genießen.
5. Wenn wir uns gut fühlen, geborgen, zufrieden und geliebt, ist uns der andere nicht egal. Wir möchten unterstützen und helfen.
6. Wenn wir unser Bestes geben, können wir uns selbst übertreffen; auch wer klein und langsam ist, kann dann nützlich, mutig und gar schnell sein.
7. Geborgenheit macht uns mutig. Liebe macht uns mutig. Miralda zögert keinen Moment und rettet das Vögelchen. Auch wenn wir Angst haben, werden wir erfinderisch und kreativ, um den anderen zu retten, und machen Gebrauch von unseren vielfältigen Möglichkeiten.
8. Egal, wie klein oder groß wir sind, wie schwach oder stark, wir alle können beschützen, uns für andere einsetzen und Wehrlosen unsere Hilfe anbieten.

Arbeitsbögen

Fragen für Kinder: 4–6

Zu 1. Emotionale Kernkompetenz

a. Fühlt sich Miralda von ihrer Familie geliebt und geborgen?
b. Denkt Miralda, dass der Vogel auf der Wiese Angst hat, oder denkt sie, dass er wütend ist?
c. Zögert Miralda, bevor sie dem Vögelchen hilft?
d. Klopft Miralda selber das Herz, als sie die Katze sieht, und hilft sie dem Vogel dennoch?

Zu 2. Mentale Kompetenz

a. Ist Miralda eine alte Ameise?
b. Wo wohnt Miralda?
c. Geht sie gerne spazieren?
d. Findet sie es schön, durch Wald und Wiesen zu stromern?

Zu 3. Erfahrung/Erkenntnisbildung

a. Als Miralda im Wald spazieren geht und einen Vogel tweeten hört, erkennt sie da die Angst in der Stimme?
b. Kann Miralda die Katze in die Flucht schlagen, weil sie so mutig ist?
c. Kann Miralda so mutig sein, weil sie sich von ihrer Familie so geliebt fühlt?
d. Überlegt Miralda lange, ob sie dem Vogel, der in Gefahr ist, helfen soll?

Fragen für Kinder: 7–11

Zu 1. Emotionale Kernkompetenz

a. Wie klingt die Stimme, die der Vogel macht?
b. Zögert Miralda, um dem Vögelchen zu helfen?
c. Weshalb ist Miralda so mutig?
d. Warum ist Miralda eine glückliche Ameise?

Zu 2. Mentale Kompetenz

a. Wer läuft gerne durch den Wald?
b. Wer kümmert sich um die Sicherheit des Baus und um das Essen für alle?
c. Plötzlich hört Miralda ein Geräusch. Wer oder was ist das?
d. Was tut Miralda, um die Katze in die Flucht zu schlagen?

Zu 3. Erfahrung/Erkenntnisbildung

a. Warum fühlt sich Miralda geborgen?
b. Wenn Miralda durch die Natur streift, was empfindet sie?
c. Wodurch rettet Miralda das Vögelchen?
d. Als Miralda dem Vögelchen helfen will, überlegt sie da mehrmals hin und her und hat Zweifel?

Antwortbögen

Die Stille

Fragen für Kinder: 4–6

Zu 1. Emotionale Kernkompetenz

a. Ja
b. Die Ordnung und Ruhe?
c. Ja
d. Ja

Zu 2. Mentale Kompetenz

a. Stille und Ruhe? * / laute Sachen?
b. Ja
c. Nein
d. Die Katze am Herd
e. Ja

Zu 3. Erfahrung/Erkenntnisbildung

a. Ja
b. Nein
c. Ja
d. Ja
e. Weil er ruhig seiner Wege geht? * / Weil er anders ist als die anderen? *

Fragen für Kinder: 7–11

Zu 1. Emotionale Kernkompetenz

a. Weil er neugierig ist? * / Weil er es schön anzuschauen findet?
b. Weil er lieber die Stille mag? * / Weil er sich lieber in seiner Sandburg verkriecht und nicht genervt werden möchte? / Weil er so gerne in der Stille nachdenkt? *
c. Er hat Angst? / Er ist ganz aufgeregt? * / Er freut sich und beeilt sich? * / Er setzt sich erst einmal hin, um sich auszuruhen?
d. Das Gewusel in der Küche? / Die Ruhe? */ Die Gemütlichkeit? */ Die Lampe über dem Tisch? / Das Buch in der Hand des alten Mannes? *

Zu 2. Mentale Kompetenz

a. Er liebt die Stille? * / Er liebt die Ruhe? * / Er spielt so gerne mit dem Sand?
b. Sie sind gerne ruhig und friedlich? / Sie treiben gerne Schabernack? * / Sie ärgern und necken gerne? *
c. Der alte Mann mit dem Gegenstand in der Hand? * / Der Topf auf dem Tisch? / Die Größe des Raumes?
d. Andere Tiere? / Die Elfen*/ Andere Kobolde?

Zu 3. Erfahrung/Erkenntnisbildung

a. Er möchte Neues entdecken? * / neue Orte kennenlernen? * / Ihm ist es in seiner Sandburg nicht mehr ruhig genug? * / Er bummelt gerne herum und kommt abends wieder?
b. Dass er anders ist und seine eigenen Wege geht? * / Dass er ruhig und besonnen ist? * / Dass er eigenwillig ist? * / Er ist wie alle anderen und macht viel Krach?
c. Auf der Hand des alten Mannes? * / In der Ecke vorm warmen Herd? / Vor dem Buch? *
d. Weil es eine ruhige Beschäftigung ist? * / Weil er so viel lernen kann? / Weil das Buchlesen eine stille Aktivität ist? *

Wahrer Reichtum

Fragen für Kinder: 4–6

Zu 1. Emotionale Kernkompetenz

a. Nein
b. Nein
c. Ja
d. Ja
e. Nein

Zu 2. Mentale Kompetenz

a. Vom reichen Mann
b. Navin
c. Nein
d. Ja
e. Ja

Zu 3. Erfahrung/Erkenntnisbildung

a. Zeit mit dem Vater zu verbringen
b. die Beziehung zwischen Vater und Sohn
c. um die Landschaft und den Ausblick zu genießen
d. Navin
e. Ja

Fragen für Kinder: 7–11

Zu 1. Emotionale Kernkompetenz

a. bei dem armen Mann
b. Nein
c. die Liebe
d. Nein
e. Ja

Zu 2. Mentale Kompetenz

a. im Tal am Berg? * /am Wald? / in der Savanne?
b. Navin
c. wie der arme Mann
d. die Pflanzen? / sein Eigentum? / das Land der Mutter Erde? *

Zu 3. Erfahrung/Erkenntnisbildung

a. vom armen Mann
b. Nein
c. den Menschen? / Sie ist Teil der Natur? *
d. von allen Menschen gut behandelt wird
e. die Liebe in der Familie

Traurigkeit

Fragen für Kinder: 4–6

Zu 1. Emotionale Kernkompetenz

a. Traurig? */ Unruhig?
b. Weil es dort so dunkel ist? * / weil es viele Insekten auf dem Boden gibt?
c. Ja
d. Ja
e. Ja
f. Ja

Zu 2. Mentale Kompetenz

a. Ja
b. Nein
c. Ja
d. Ja
e. Ja

Zu 3. Erfahrung/Erkenntnisbildung

a. Ja
b. Ja
c. Ja
d. Ja

Fragen für Kinder: 7–11

Zu 1. Emotionale Kernkompetenz

a. Weil sie nur nach unten, in die Dunkelheit schaut? */ Weil sie kein Licht mehr sehen kann? */ Weil sie Langeweile hat?
b. Ja
c. Ja
d. Sie empfindet Sorge? */ Sie will sich aus der Dunkelheit lösen? */ Sie bleibt weiterhin im Dunkeln sitzen und ist trübsinnig?
e. Ja

Zu 2. Mentale Kompetenz

a. Weil sie an ihre Freundin, die Biene, denkt? */ Weil sie sich Sorgen um diese macht? */ Weil sie mehr Sonne haben möchte?
b. Als sie sich Sorgen um die Biene macht und ihre eigenen Kräfte zur Suche stärken möchte? */ Sie erinnert sich an ihre Stärken, weil sie ihre Fähigkeiten braucht, um die Biene zu suchen? */ Als sie Lust hat, ihre Flügel auszuprobieren?
c. Ja

Zu 3. Erfahrung/Erkenntnisbildung

a. Ja
b. Ja
c. Selbst
d. Ja
e. Ja

Freundschaft – Das Auge des Nashorns

Fragen für Kinder: 4–6

Zu 1. Emotionale Kernkompetenz

a. Es hat das Auge verloren? * / Es hat sein Bein umgeknickt?
b. Igel? / Taube? / Schlange? / Vögel? * / Affen? * Krebse? *
c. Es wird krank? / Es kann nichts mehr sehen und bekommt Angst? *
d. Seine Freunde? * / Seine Bekannten?

Zu 2. Mentale Kompetenz

a. Es wühlt im Schlamm? / Es sucht im ganzen Wald? / Seine Freunde helfen ihm? *
b. Nein
c. Ja
d. Es bedankt sich bei den Blumen? / Es bleibt in der Nähe seiner Freunde? / Es freut sich und geht weiter spazieren. *

Zu 3. Erfahrung/Erkenntnisbildung

a. Nein
b. Es hat seine Angst überwunden. * / Es hat lange und ausführlich gesucht?
c. Nein
d. Ja

Fragen für Kinder: 7–11

Zu 1. Emotionale Kernkompetenz

a. Die Lebewesen auf der Erde brauchen einander. */ Kein Lebewesen kann allein überleben. * / Das Leben macht mit anderen mehr Spaß. * /Lebewesen können ganz alleine überleben

b. Weil es Angst hat. * / Weil es nervös wird. * /Weil es nicht genügend sucht? /Weil es sich nicht genügend anstrengt?

c. Die Angst hilft ihm, sein Auge zu finden. / Angst macht das Nashorn blind. * / Die Angst macht seinen Körper zittrig. * / Die Angst verhindert, dass es sehen kann. *

d. Mit Nervosität ist der Mensch schneller. / Nervosität hilft dem Lebewesen, klar zu sein. / Nervosität und Angst machen Lebewesen ganz unruhig. * / Nervosität und Angst können krank machen. *

Zu 2. Mentale Kompetenz

a. Das Nashorn ist nur mit Nashörnern befreundet. / Das Nashorn ist mit vielen anderen Lebewesen befreundet. * /Das Nashorn lässt sich gerne von allen helfen. * / Jeder kann der Freund des Nashorns sein. *

b. Wenn der Schlamm weniger wird. / Wenn es nur genügend sucht. / Wenn es sich beruhigt. * / Wenn es keine Angst mehr hat. * / Wenn es die Liebe der Freunde spürt. * / Wenn es sieht, wie sich alle um ihn bemühen. *

c. Es watet gerne durch Schlamm? */ Es geht gerne auf einer Wiese spazieren? / Es liegt gerne im Gras?

Zu 3. Erfahrung/Erkenntnisbildung

a. Das Nashorn braucht niemanden, um ruhig zu werden. / Das Nashorn braucht andere, um sich zu besinnen. * / Das Nashorn braucht seine Freunde, um ruhig zu werden. *

b. Es wird ruhig? * / Es amüsiert sich? / Es vertraut wieder auf sich? *

c. Ja

Der Engel

Fragen für Kinder: 4–6

Zu 1. Emotionale Kernkompetenz

a. An seinem Affengesicht? */ Wie er läuft?
b. Liebe und Licht? */ Dunkelheit? / Angst?
c. Ja
d. Ja
e. Ja

Zu 2. Mentale Kompetenz

a. In einer großen Familie zusammen*/ Sie leben allein?
b. Ja
c. Ja
d. Ja

Zu 3. Erfahrung/Erkenntnisbildung

a. Ein Engel*? / Ein Esel?
b. Nein
c. Ja
d. Ja

Fragen für Kinder: 7–11

Zu 1. Emotionale Kernkompetenz

a. Sie fühlen es? * Sie sehen es in seinem Gesicht? * Sie erkennen es an seinem Körper? Sie raten? Sie haben Vorurteile?
b. Ja
c. Die Liebe und der Zusammenhalt*/ die Angst/ die Einschüchterung
d. Ja
e. Sie halten zusammen? */ Sie vertreiben durch den Zusammenhalt den starken Neuen? */ Sie frühstücken und machen, was der Neue von ihnen verlangt?

Zu 2. Mentale Kompetenz

a. Weil sich jeder helfen kann? * / Weil sich alle gegenseitig unterstützen können? * / Weil immer etwas los ist und man sich gut ablenken kann?
b. Weil er müde ist? / Weil er gut schlafen möchte? / Weil er in seinen Träumen manches Mal tiefe Einsichten gewinnt und also darüber schlafen will? *
c. Ein Licht erstrahlt? */ Ein Engel kommt zu ihm? */ Er hat Angst? / Ein Engel spricht mit ihm über die Kraft der Liebe? *
d. Sie verweigern, das zu tun, was der Neue von ihnen fordert? */ Sie bleiben sitzen und lächeln? */ Sie machen alles mit, was der Neue von ihnen verlangt?

Zu 3. Erfahrung/Erkenntnisbildung

a. Weil er es verdient? / Weil er so nett ist? / Weil er mit Gewalt seinen Platz durchsetzen möchte? */ Weil er einen starken Körper hat? *
b. Nein
c. Ja
d. Weil die Affenbande stark zusammenhält? */ Weil er es nicht genug versucht? / Weil die Liebe und der Zusammenhalt die Affenfamilie mutig macht? *

Sehnsucht

Fragen für Kinder: 4–6

Zu 1. Emotionale Kernkompetenz

a. Nein
b. Weil sie sich selbst nicht mag? */ Weil ihr Zimmer zu klein ist? / Weil sie anders sein will, als sie ist? *
c. Weil es dort so viel Treiben gibt und immer etwas los ist? */ Weil es in der Ferne so viel Natur gibt und ruhig ist?
d. Nein

Zu 2. Mentale Kompetenz

a. Ja
b. 2 / 3 *
c. Ja
d. Sich langweilen*/ ins Fernglas schauen? */ spazieren gehen
e. Zuhause? / in der Ferne? *

Zu 3. Erfahrung/Erkenntnisbildung

a. Lina freut sich? / Lina ist wütend und will unbedingt ein Neues? *
b. Niemals? / 3 Wochen, nachdem ihr Fernglas zerbrochen war und sie eine andere Beschäftigung suchte? *
c. Nein
d. Ja

Fragen für Kinder: 7–11

Zu 1. Emotionale Kernkompetenz

a. Weil es so langweilig ist? / Weil es nur äußerlich Frieden gibt? / Weil es inneren und äußeren Frieden gibt? *
b. Die Prinzessin ist unzufrieden? */ Lina vergleicht ihr eigenes Land immer mit der Ferne, immer mit dem, was sie nicht hat? */ Lina ist arm und hat nichts anzuziehen?
c. Weil sie blind ist? / Weil sie das Eigene immer mit dem anderen, in der Ferne Liegenden vergleicht? */ Weil sie süchtig nach dem Fernglas ist und nur das tun will? *
d. Sie fühlt sich prima? / Sie kann sich selbst nicht leiden? */ Sie hofft nur, dass der Tag vorbeigehen möge? */ Sie fühlt sich prächtig und großartig?

Zu 2. Mentale Kompetenz

a. König*/ 3 Brüder*/ 1 Prinzessin? * / Feen, Drachen und Kobolde?
b. Der Bruder? / Die Prinzessin? */ der König?
c. Lina freut sich? / Lina ist außer sich? */ Lina trampelt und schreit? * Lina weiß erst einmal nicht mehr weiter? *
d. Ja

Zu 3. Erfahrung/Erkenntnisbildung

a. Man ist frohen Herzens? / Man ist stets unzufrieden? */ Man kann das Schöne nicht erblicken? */ Man ist nicht glücklich? *
b. Lina wird süchtig danach? */ Lina kann sehr gut ohne das Fernglas leben? / Lina tut nichts anderes, als hindurchschauen zu wollen? *
c. Nein*/ Die Ferne wird zum Ort der Sehnsucht? */ Lina kann das eigene Land nicht mehr schätzen. * Ja?

d. Lina findet es woanders bunt. */ Ihr erscheint die Hektik anziehend? */ Sie sieht die Natur nicht im eigenen Land. */ Weil es woanders scheinbar immer am schönsten ist. *

e. Weil die Prinzessin nun das Schöne im eigenen Lande sehen kann? */ Weil sie nun zufrieden sein kann mit dem, was sie im Land der Einigkeit hat? */ Weil sie ihr eigenes Zuhause nicht mehr mit dem Land in der Ferne vergleicht? */ Weil sie so gut schlafen kann?

f. Nein

Am Himmelstor

Fragen für Kinder: 4–6

Zu 1. Emotionale Kernkompetenz

a. Ja
b. Ja
c. Ja
d. Ja
e. Nein

Zu 2. Mentale Kompetenz

a. Ja
b. Nein
c. Weil es über dem Himmelstor geschrieben steht? / Weil es so hell und leicht ist? *

Zu 3. Erfahrung/Erkenntnisbildung

a. Nein
b. Ja
c. Ja
d. Sie sind traurig? / Sie fühlen sich leicht und freuen sich über das helle Licht, das sie von der Erde gar nicht kennen? *

Fragen für Kinder: 7–11

Zu 1. Emotionale Kernkompetenz

a. Anna kümmert sich um Tiere? / Anna ist zu einem Bettler auf der Landstraße nett, indem sie ihm immer zu essen bringt? */ Anna hilft ihrer kranken Mutter? / Anna interessiert sich für arme Menschen; diese sind ihr nicht egal. *

b. Rashid hilft einer verlorenen Katze im Winter? */ Rashid gibt einer Katze, die er auf der Straße in Bagdad findet, zu trinken? */ Rashid hat ein gutes Herz? */ Rashid lebt regelmäßig den Ramadan?

c. Weil es schön warm ist? / Weil sie ich immer gewünscht haben, in den Himmel zu kommen, nach dem Tod? */ Weil es sich so hell und schwerelos anfühlt? *

Zu 2. Mentale Kompetenz

a. weil sie beide wirklich alt waren? */ weil Rashid schwer krank war? / weil es ihnen im Leben zu anstrengend war? / weil es vor den Toren des Himmels so hell und leicht ist? *

b. weil sie sich noch ein bisschen umschauen will? / weil Anna wissen möchte, weshalb sie im Himmel angekommen ist? */ weil sich Anna mit Rashid erst unterhalten möchte?

c. weil Anna und Rashid Langeweile haben? / weil beide vom Hüter des Tores erfahren wollen, weshalb sie vor dem Himmelstor angelangt sind? */ weil sie nichts weiter zu tun haben?

Zu 3. Erfahrung/Erkenntnisbildung

a. Nein

b. Als Anna und Rashid lange genug gewartet haben? / Als Anna und Rashid erfahren haben, weshalb sie in den Himmel gekommen sind? */ Als Anna und Rashid sich vor dem Tor lange genug umgeschaut haben?

c. Nein

d. Ja

Schönheit – Das Licht

Fragen für Kinder: 4–6

Zu 1. Emotionale Kernkompetenz

a. Nein
b. Nein
c. Weil das alte Weiblein ihm direkt in die Augen schaut? */ Weil sie eine alte arme Frau ist?
d. Ja

Zu 2. Mentale Kompetenz

a. Sohn des Kalifen? */ Sohn des Dieners des Hauses?
b. In Armut? / In großem Reichtum? *
c. Mit der Kinderfrau? */ Mit seiner Mutter?
d. Die Menschen? / Die Gerüche der Gewürze? *

Zu 3. Erfahrung/Erkenntnisbildung

a. Er wendet sich ab? / Er spürt ein Licht in seinem Herzen? *
b. Es ist die Sonne? / Es ist das Licht in seinem Herzen, das leuchtet. *
c. Ist er genervt? / Er möchte wissen und verstehen, was er in seinem Herzen fühlt? *
d. Ja

Fragen für Kinder: 7–11

Zu 1. Emotionale Kernkompetenz

a. Sie ist alt? / Sie wagt es, ihm direkt in die Augen zu schauen? */ Sie ist arm? / Er findet die Art, wie sie ihn anschaut, unverschämt? *
b. Als sie ihn umarmt? / Als sie ihm länger und länger in die Augen schaut und somit direkt in sein Herz? */ Als er sein eigenes Licht empfinden kann? *
c. Es ist eine alte Frau vom Markt? / Sie antwortet mit einem Rätsel? */ Sie ist da, um ihm etwas klar zu machen? *
d. Kalt und distanziert? / warm und mild? */ sehr ansprechend? *

Zu 2. Mentale Kompetenz

a. Der Sohn des Kalifen? */ Der Sohn des Dieners? / Der Sohn des Gärtners?
b. Weil er der Sohn des Kalifen ist? */ Weil er viel Geld geerbt hat? / Weil das gesamte Land reich ist?
c. Viele verschiedene Gewürze zu riechen? */ Viele Menschen zu erleben? */ Schöne Stoffe zu kaufen? *
d. Nein

Zu 3. Erfahrung/Erkenntnisbildung

a. Es ist das Licht seines Herzens? */ Es ist das Licht, das mitten in seiner Brust leuchtet? */ Es ist die Sonne, die schön wärmt und hell scheint.
b. Es wärmt ihn von innen her? */ Es vergrößert seinen Brustraum noch viel weiter als der Palast seines Vaters? */ Es stimmt ihn milde? */ Es ist ihm egal.
c. Alte Menschen? / Das Licht im Herzen, das wertvoller ist als alles Gold, das glänzt? */ Arme Menschen auf dem Markt, die wertvoll und weise sind? *
d. Kälte? / Die Wärme seines Herzens? */ Innerer Reichtum? */ Ein warmes mildes Gefühl für sich und andere? *
e. Ja

Liebe macht mutig!

Fragen für Kinder: 4–6

Zu 1. Emotionale Kernkompetenz

a. Ja
b. Dass er Angst hat? */ Dass er wütend ist?
c. Nein
d. Ja

Zu 2. Mentale Kompetenz

a. Ja
b. Am Straßenrand? / Im Wald? *
c. Ja
d. Ja

Zu 3. Erfahrung/Erkenntnisbildung

a. Ja
b. Ja
c. Ja
d. Nein

Fragen für Kinder: 7–11

Zu 1. Emotionale Kernkompetenz

a. Jemand hat Angst? */ Jemand freut sich? / Jemand spielt mit einem anderen?
b. Nein. */ Ja, sehr lange?

c. Weil sie geliebt wird? */ Weil sie glücklich ist? */ Weil sie sich geborgen fühlt? */ Weil sie gut trainiert und stark ist?

d. Weil sie sich in der Familie geborgen fühlt? */ Weil sie in der Familie alle zusammenhalten und füreinander sorgen? */ Weil die Sonne scheint?

Zu 2. Mentale Kompetenz

a. Eine Katze? */ Eine Ameise? / Ein Fuchs?

b. Alle Ameisen kümmern sich gemeinsam? */ Fremde Tiere? / Nur wenige aus der Familie?

c. Ein Fuchs? / Eine Katze? / Ein Vogel? *

d. Sie haut sie? / Sie lässt ihre Säure aus? */ Sie kämpft mit ihr körperlich?

Zu 3. Erfahrung/Erkenntnisbildung

a. Weil sie geliebt wird? */ Weil sie viele Ameisensoldaten haben, die Sicherheit bringen? / Weil der Ameisenberg so groß ist?

b. Dankbarkeit? */ Glück? */ Gleichgültigkeit

c. Durch ihren Mut? */ Durch ihre körperliche Stärke? / Durch ihre Kraft? / Durch ihre Fürsorge und Liebe zum anderen? *

d. Nein

Literaturhinweis

Les Philo-Fables, Michel Piquemal, Philippe Lagautrière, édition Albain Michel Jeunesse, 2003, Paris

Code zur Registrierung auf der Homepage www.fabelhaftewelten.com und für die Freischaltung der E-Books:

685307709187552